新撰組最強と謳《うた》われる
加《か》州《しゅう》清《きよ》光《みつ》が相手だ。
少女《やいば》は鞘に納まらない
2
YAIBA HA SAYA NI OSAMARANAI
龍威ユウ
illustration 葉山えいし

千《ち》年《とせ》守《のかみ》鈴《すず》姫《ひめ》がどこかぎこちないながらも、
嬉しそうな笑みを浮かべた。
「……久しぶり」

「刃《じん》戯《ぎ》——【月《げっ》華《か》彌《び》陣《じん》】……——」
三日月《みかづき》宗《むね》近《ちか》は、
自らにその変貌をもたらした。

千年守鈴姫の胸をこれでもかとばかりに揉《も》む
鬼《き》神《じん》丸《まる》国《くに》重《しげ》。
「ええ乳しとるなぁ」

「夢の混浴を某《それがし》は果たすぞ!!」
新撰組局長ともあろうものが、
随分と小さき夢を
抱えていたものだ……。

「鈴、俺達も行くぞ!!」
「うん!」

愛刀を率いて悠《はるか》は地を蹴り上げた。
剣林雪牙《けんりんせつが》の中を直進する
悠の足取りに迷いは一切ない。

少女《やいば》は鞘に納まらない

YAIBA HA SAYA NI
OSAMARANAI

2 CHARACTERS

結城 悠（ゆうき・はるか）

異世界に迷い込んだ剣士の青年。一度決めたことを曲げない、信念貫き通す武人気質。

小狐丸（こぎつねまる）

狐耳と尻尾を生やした狐っ娘。不敵な笑みを浮かべていることが多い。

三日月宗近（みかづき・むねちか）

穏やかで聖母のように優しい少女。小狐丸の姉で、妹に対しては容赦がない。

加州清光（かしゅう・きよみつ）

新撰組最強の剣士。
強い妄想癖があり、
妄想してはすぐに鼻血を出す。

千年守鈴姫（ちとせのかみ・すずひめ）

悠の前世での愛刀。
心根は優しいが、悠を好きなあまり暴走することも。

少女《やいば》は鞘に納まらない　2

龍威ユウ

ヒーロー文庫

少女《やいば》は鞘に納まらない ②

YAIBA HA SAYA NI OSAMARANAI

illustration
葉山えいし

CONTENTS

イラスト／葉山えいし
装丁・本文デザイン／5GAS DESIGN STUDIO
校正／佐久間恵（東京出版サービスセンター）
DTP／川名美絵子（主婦の友社）

この物語は、小説投稿サイト「小説家になろう」で発表された同名作品に、書籍化にあたって大幅に加筆修正を加えたフィクションです。実在の人物・団体等とは関係ありません。

序章　目覚めは異世界と共に

どこまでも続く快晴の空の下に、その少女はいた。

群青色《ぐんじょういろ》の長い髪を微風《そよかぜ》に遊ばせる傍らで、きょろきょろと辺りを物色する彼女の藍色の瞳は特徴的で。これらからまるで宝石のようと比喩《ひゆ》する者は決して少なくはあるまい。

「ここは……どこだろう」

ぽつりとこぼれた少女の言葉には、おっとりとした表情とは裏腹に焦りと困惑の感情《いろ》が込められていた。即ち、絶賛狼狽《ろうばい》中である。

気が付けば見知らぬ世界にいた。月並みな言葉であると理解しつつも、これ以上に相応《ふさわ》しい言葉が少女の中には浮かんでこなかった。高層ビルや車……現代においてはさして珍しくもない光景が、今やきれいさっぱり消失しているとあれば、これに驚くなという方が無理というもの。

だから遠慮することなく狼狽して——はた、と己を見やって、ついには水底に引きずり込まれるような心境に少女は陥った。思考の崩壊を防ぐために気絶できなかったことを悔やむべきか、あるいは幸と捉えるべきか。どちらにせよ、遅かれ早かれこの疑問とは向かい合う定めであることに変わりはない。

（どうして、ボクは……――）

人間の姿をしているの。少女にはそれがさっぱりわからない。

本来であれば、この事象はあってはならないことだ。少女の身に起きるはずもない奇蹟なのだ。仕手がいなければ置物とも成り下がる日本刀《じぶん》が、仕手《にんげん》と同じ姿になるなど、どこのゲームやアニメの設定だと思わざるを得ない。しかしいくら思おうとも、こうして人の肉体を得ている事実を少女は認知せねばならない。

ふと、視界の隅に、川面に映る己の姿を捉えた。

（かわいい……）

自画自賛、なのかもしれない。だが、自分から見ても恵まれた容姿を得たようだ。

それはさておき。少女はその場から立ち去ることを選択する。未《いま》だ驚愕《きょうがく》冷めやらぬものの、こうして待っていても何か新たな展開が自動的に発生する気配は皆無であったし、せっかく仕手と同じ人間になれたのだから、身体を動かしてみたい気持ちが勝っている。

今の自分を見たら、仕手《かれ》はどんな反応を示すのだろう。

（きっと……ううん、絶対驚くだろうなぁ）

ぎょっと目を丸くして凝視する仕手の姿がぱっと思い浮かんで、その光景に思わずくすりと忍び笑いをこぼせるぐらいの余裕が戻ってきたところで、さて。

「行こう！」

どこぞへと続くかもわからない道に少女は記念すべき第一歩をしっかり踏み付けた。露出した肌を優しく撫《な》で上げていった微風《そよかぜ》が心地良く、まるでこちらに進めと教えてくれているような気さえ、今の少女には感じられた。だから逆らうことなく、導かれるがままに進む。

進んで、しばらく経《た》った。

「だ、誰とも出会わない……」

視界いっぱいに埋め尽くされるのは緑生い茂る大地のみ。それ以外のものを強いて挙げるならば、木や岩ぐらいなもの。人間はおろか、人工物にすら未だ逢えない現実が少女の心を不安で掻《か》き乱していく。

（もしかして――）

人っ子ひとりいない場所に迷い込んだのかも。考えたくもない、最悪すぎる予感がとうとう少女にトドメを刺した。その予感は、不安の中にあった活気と希望を無慈悲にも剥奪して、更には歩みをも止めてしまう。

がたがたと震える身体を抱き締めるようにするも、一向に収まってくれそうにもない。これは自分が悪い方に考えてしまっているからで絶対に違う、と何度となく言い聞かせるも、一度立ててしまった仮説をそう簡単に拭《ぬぐ》えるはずもなく。ただただ不安に押し潰されそうで、なのに隣で支えてくれる仕手はどこにもいないし、頼れそうな者も見当たらない。

ボクは一人ぼっちだ。孤独という感情が少女の心を強く締めあげる。

「どこにいるんだよぅ……悠《はるか》ぁ……」

藍色に輝く瞳に大粒の涙がじんわりと溜まり始めて――

「そこのお前、見かけない顔だな」

――ふと、声を掛けられる。

ぱっと顔を向ける。それは彼女が望んでいた人間だった。

ほっと胸を撫《な》で下ろして、彼女は駆け足でその者の下へと向かった。

第五章　再会

炎天下の山道を歩く小さき剣鬼が最初に思ったのは、捨て子にされるかもしれない、という恐怖だった。五歳を迎えて早速剣術の稽古に入ったものの、まったく才ある子という認識が悠にはなかった。故に自分は見限られて山奥に捨てられるのだ、と内心びくびくと恐怖に身体を震わせながらも、父に逆らえぬまま山道をひたすら進んで——目的地に着いた悠が自分の勘違いだと安堵《あんど》して涙を流したのは、未《いま》だに誰にも教えていない。

変わらず炎天下だったある日のこと。

悠は一人で父に連れられた山道を歩いていた。最初の頃に比べてその足取りは軽快で、うきうきとしている姿は歳相応の幼子として第三者の目には映ったことだろう。

その反面、悠の将来を心配する輩もきっといたに違いない。何故なら彼が受け取るのはプレゼントで——それが日本刀なのだから歳不相応極まりない。

年端もいかぬ、事の善悪の判別すらままならぬ子供に日本刀を持たせるのか。正論だ。実際に言われたことはなかったにせよ、この反応こそが世間一般にある感覚で、また常識でもあるのだから。

だが、悠にしてみればそれらの反応《こえ》は路傍の石にも等しい。言いたい輩がいれば好きなだけ喚《わめ》き散らさせておけばいい。

「あれが今日から君の相棒になる刀だ。大切に扱ってよ？」

「うん！　僕大切にするよ。どうもありがとうおばちゃん！」

「おばっ!?　だからお姉さんって何度言えば理解してくれるのかな君は！」

「えぇ……。でもお父さんが言ってたよ。ババァにしてはいい腕前だって」

「F○uk you!　いつかアイツぬっ殺す!!」

「お、おばさん落ち着いて!?」

「君もおばさんおばさんって言うな！　私はまだ[redacted]歳だっつーの!!」

「お、おばさんそんなに暴れたら危ないよ！」

「うがぁぁぁぁぁぁぁっ！！！」

台座の上で鎮座する大小の刀。結城悠《ゆうきはるか》の半身、世界にたった一振りの日本刀となると、彼は満面に笑みをたたえて――あぁ、とても懐かしい夢だ。

眠りから目覚めた悠の顔は、とても優しい笑みで満ち溢《あふ》れている。

結城悠を形作る記念すべき一歩目なのだから懐かしさを憶えるのは当然で、同時に未練を断ち切れていないことを知って、我ながら潔くないと自嘲気味に悠は小さく笑う。

高天原《ここ》へと導かれてから、はて。どのぐらいの時間が過ぎ去っただろう。窓から差し込む陽光に視線を向ける傍らで、悠は自問する。

結城悠には一生を共にせんと誓った愛刀があった。しかし、あれを振るう資格はもう自分にはない。だから自らの命を絶つことを最後にして、こんな剣鬼の半身としてあり続けてくれた愛刀へ別れを告げた。

告げたはずなのに、まだ……。

（未練がましいったらありゃしないな）

悠にはもう新たな愛刀がある。かの名工、村正を超えた鍛冶師《かじし》が打ったものだ、どこに文句の付け所があろう。なのに、心のどこかで諦め切れていない自分がいる。その事実に自らを叱責しつつ。枕元で鎮座している大小の刀に其《それ》っと指をなぞらせ——たところで、悠は勢いよく布団を捲《まく》り上げた。

布団による目眩《めくら》ましが来るとは、予想もしていなかったらしい。驚きを示す四つの声に、悠も大きな溜息を漏らす。

（こいつらはまた……！）

何度も失敗しているのに件《くだん》の少女達はまるで反省の色がないと見える。となれば、悠が取る行動はただ一つ。子供が悪いことをすれば叱るのが親や年上の役目だ。実年齢を出せば自分が遥かに年下であるけれども、外観相応の行動故に今は関係ないものとして、さて。

「いい加減にしろお前ら！　何度もこっそり入ってくるなっていつも言ってるだろう！」

聞き分けのない童《わらわ》には拳骨をくれてやるのが効果的だ。

ごちん、と小気味のよい音を四つ鳴らしたところで、改めて四人の侵入者を見やる。

うぐぐ、と呻《うめ》き声を上げている。加減したとはいえ、涙目にさせるだけの出力には上げている。悪いことをすれば叱られて当然で、そこで素直に聞かなければ力ずくも辞さないのも年長者の務めだ、と悠は自分にそう言い聞かせる。決して、すすり泣く彼女達に罪悪感を憶えたからではない。

「うぅ……酷《ひど》いですお兄様……」

「お前らが悪さをしなかったら、俺だってこんなことはしない。まったく……」

「お兄様を敬愛する姫だからこそです！」

その名に〝姫〟の字を冠する彼女……かの軍神、上杉謙信《うえすぎけんしん》の愛刀である備前国《びぜんのくに》――現在の岡山県南東部――にて活躍していた福岡一文字《ふくおかいちもんじ》作である姫鶴一文字《ひめづるいちもんじ》に、悠もにっこりと笑みを浮かべ返して――彼女にだけもう一発分、頭頂部に拳骨をくれてやった。

声を出して泣かれたが、知ったことではない。自業自得。恨むのなら性欲を抑えられない己の不甲斐《ふがい》なさを嘆けばいい。

「まったく……お前らってやつは。人の休暇中にまで普通するか？」

悠にとって、本日から数日間は非番であった。

先の事件――童子切り安綱《どうじぎりやすつな》命名による、高天原《たかまがはら》転覆計画事件の功績として与えられたもので、しかし現時点でも悠には予定がない。

だから返上して勤務に戻ると抗議したものの、せっかくの功労賞だから受け取れと上司達に言われてはさすがの悠も無碍《むげ》にすることは出来ず。

ならば少しばかり戦いを忘れてのんびりとすごそうではないか、と何年ぶりかの惰眠《だみん》を貪ろうとしたところを邪魔されたのだから、四人を見やる悠の表情はわずかに険しい。

（いや、確かに予定はなかったけどな……）

第二の実家に安らぎが得られないのであれば、せめて数日の間でもゆっくりと一人の時間を設けてもきっと罰も当たるまい。

どこか自分が知らない場所に行ってみるのも一興だ。そう結論を下してからの悠の行動は早かった。まだ痛がる侵入者を部屋の外へと追い出し、素早く身支度を整える。白紙だった悠の計画書に、旅行の二文字が追加される。

耶真杜《やまと》、弥真白《やましろ》の二つ以外の場所に悠はまだ足を運んだことがない。叢萩《そうしゅう》、彌廼《みの》、琵漸《びぜん》――高天原を成り立たせる五つの国すべてを観光するのも悪くはなかろう。与えられた休日を考慮すれば彌廼辺りが妥当か。

あれだけなかった休日の計画ができたことで心に活気が湧いてきた。たかが旅行と人は馬鹿にするかもしれない。だが、悠にとってこの旅行は冒険でもあった。高天原《たかまがはら》のことを熟知したとは到底言えまい。

だからこの旅行《ぼうけん》はそれを探求するためのもので、さながら今の自分は未知の世界を駆ける一匹の渡り鳥。人はそれを冒険家と呼ぶ。

（悪くない響きだな……）

冒険に憧れとロマンを抱く、それが男という生き物だ。この感覚を共感し合える者はここには一人としておるまい。唯一の男友達ですらも、今の悠に呆《あき》れるかもしれない……いや、十割と見て相違なかろう。

（それでもいい——）

計画は既に立てられた。白紙に戻す理由もない。行く先々でもきっと何かしらのトラブルに巻き込まれることは必須と覚悟するべし。肉食系女子ばかりしかいないこの高天原《いせかい》に男の安息の地があるかどうかも怪しい。

それでも、家の中にいても同じであれば、せめて違う環境ですごしたい。そのために俺は旅行《ぼうけん》へと出る。悠の心に、迷いは微塵《みじん》もなかった。そして襖《ふすま》に小さな覗《のぞ》き穴を開けた犯人に再度拳骨をくれてやり、修理を言い渡した。

身支度を整えたところで、悠は隊長室へと足を運んだ。

彼が所属する桜華衆弥真白《おうかしゅうやましろ》支部の隊長たる小狐丸《こぎつねまる》に挨拶をしにいくのは当然の行為で、しかし開けた襖の先で待ち構えていた光景には、悠も挨拶を忘れてそれを凝視してしまう。

（まるで山みたいだな――）

机上にできたそれを例えるならばエベレスト、もしくはチョモランマか。ひょっとするとK2《ケーツー》かもしれない――いや。例《ここ》に差異は大してあるまい。

麓《ふもと》でぐったりとしていた小さな登山家と目が合った。ご自慢の狐耳も尻尾も、小柄な体躯《たいく》に重く圧《の》し掛かる日々の疲れによってげんなりと項垂《うなだ》れている。

「や、やぁ悠……私を慰めにきてくれたのかな？」

「まぁ、この書類の山を見れば同情はしたくなるな。とりあえず、おはよう小狐丸。俺からはとにかく頑張ってくれとしか言いようがないけどな」

「そ、その言葉が聞けただけでも充分活力をもらえたよ……そこに今夜私と一緒に寝てくれたらもっと元気がもらえるんだけどな」

「じゃあ頑張れ。俺は少し出掛けてくる――今晩の飯を少しだけ豪勢にしてやるから、それで我慢してくれ」

「ふふ、相変わらずだね。じゃあ愛情増し増しでお願いしようかな――休日のところ悪いんだけど、外に出るなら少し頼まれてくれないかな？」

「なんだ、急用か？」

「もし外で光忠《みつただ》を見かけたら伝言を頼めるかな？　これ以上仕事をほったらかすなら強制除隊してもらうって」

「了解した――まったく、あの人の遊び癖は本当に酷《ひど》いもんだな……」

今頃ふらふらと町で遊んでいるだろう実休《じっきゅう》光忠を脳裏に描いて、小さな溜息を一つつく。悠は隊長室を出るとそのまま町へと足を運んだ。

◆◇◆◇◆

桜華衆《おうかしゅう》が御剣姫守《みつるぎのかみ》――即ち、女ばかりで構成された組織であるように、その逆……男ばかりの集まりも存在する。
女人禁制、男だけが門を潜《くぐ》ることだけを許された秘密の園。男であれば誰しもが自動的に会員になれるそれは男茶会《おちゃかい》と称されるもので、悠もまた自身の知らぬところで勝手に会員にされていた。
今日はその初参加――というよりは、たまたま道端で出会った國鉄徹心《くにがねてっしん》に誘われたからに他ならないのだが。近所付き合いは大切で、特に彼に至っては今後とも付き合いが続くことになる。

「お前さん、〝こぉふぃ〟を素のままで飲めるのか？」

窓際の席を取った悠は、不意に尋ねられる。

男茶会の場所は、男性だけが入店できる喫茶店で店主《マスター》も当然男だ。喫茶店だけあって、メニューはどれも西洋のものばかり。中でも人気なのがコーヒーで、今まさに悠を含む全員が口にしているものだ。

ここ高天原《たかまがはら》では頑張ってコーヒーを飲もうとする輩が多い。

江戸時代初頭。長崎の出島《でじま》でコーヒーが輸入された。真っ黒な飲み物を前にして、墨を自分達に飲ませるつもりか、と本当にそんな声が上がったかどうかは歴史のみぞ知ることで。ともあれ明治も半ばになってようやく受け入れられていったように。高天原《ここ》でもちょっとしたステータスのために挑戦する輩は決して少なくはなかった。曰《いわ》く、コーヒーを飲める者は真の紳士たる証、だそうだ。もちろんまったく意味がわからないし、悠はその由縁ばかりが気になって仕方がない。

とにもかくにも、涙目になりながらコーヒーを飲み干してはどうだと威張り合うのが男茶会の恒例行事であると説明した國鉄徹心の顔も険しい。

「うげぇ……やっぱりこいつはいつ飲んでも苦《に》げぇ。それをまぁ――」

よく飲めるな、と。目で訴えてくる徹心に悠は苦笑いで返す。飲めるもなにも一日のどこかではほぼ必ずといっていいほど飲んでいたし、悠の時代では生活の一部として溶け込んでいる。最初こそミルクと砂糖を欠かさずして飲めなかったが、慣れてさえしまえば無糖《ブラック》の味がより一層おいしくも感じられる。故にブラックコーヒーを飲むことに一分《いちぶ》の抵抗を持たない悠には、万来の喝采が送られた。

「す、すごい……そのままの〝こぉふぃ〟をゴクゴク飲めるなんて」

「さすがは英雄だ！　やっぱりかっこいいなぁ」

「ボ、ボク悠さんのお嫁さんに……な、なんて……」

「おいおい……俺にそっちの気はないからな？」

たかがコーヒーごときで尊敬される経験など、前の世界ならあるはずもない。ブラックコーヒーを飲めただけで注目を集められるのなら、ほとんどの者がここでは有名人だ。だが、悪い気はしないでもない。

「それにしても、男茶会……ですか。こういった集まりには参加したことがなかったので、なんだか新鮮です。徹心さんはよく参加するんですか？」

「まぁな。まぁ女房どもに昼夜問わず誘われずに済む唯一の楽園ってやつよ。なぁ悠よぉ、お前さんも結婚したら気ぃ付けろよ？　下手すりゃ腰痛になって、そこで世話んなる医者からも吸い取られるんだからな」

「……気を付けます。いや本当に」

骨を埋めるまで結城悠にはまだまだ時間がたっぷりと残されている。終わりを迎えるその時がくるまで悔いなく、生きていてよかったと胸を張りたければ、彼の言葉を肝に銘じねばならない。何故なら彼の言葉には、それだけの重みがあったからだ。

経験者は語る。窓の外を眺めるその横顔に哀愁が漂っているのは、きっと見間違いではあるまい。

「しっかし、お前さんが本当に高天原《たかまがはら》を救うとはなぁ……今になっても信じられねぇよ。でもまぁ、お前さんのおかげで俺達國鉄一派の刀は村正の奴を超えたってことも証明できた。これからもお前さんには特別に安くしといてやるからよ」

「ありがとうございます」

時間が静かに流れていく。

（ここに入って、どれだけ経《た》っただろうか――）

わからない。時計が置かれてないこともそうだが、体内時計に尋ねてみれば。恐らく現在の時刻は正午前ぐらいか。だとするとかなりの時間を彼らと共にすごしたことを意味していて、悠は自嘲気味に小さく笑った。その隣で不思議そうに小首をひねった國鉄徹心には、なんでもないと手を横に振って返しておく。

（今回は俺の負けだな――）

別段、何かと勝負をしていたのではない。茶会に対する自身の偏見が誤っていたことを悠は素直に認めていた。お茶を飲んで駄弁《だべ》るのに時間を費やすなど、余程の暇人でもなければなせぬ所業であろう、と。言葉にしてしまえば批判と敵意を集めかねない考えを持っていたことは確かに事実だ。

そこが食わず嫌いの悪いところなのやもしれぬ。実際に茶会に参加してみて、今の心境を問われたならば。

（そんなもの決まっている。俺は――）

この楽しい時間をまだまだ終わらせたくない。それが悠の出した結論であった。

改めて結城悠の周囲の環境を紐解《ひもと》いてみれば。女性だけの組織に入隊したことと、男性が極めて少ない現状が、より一層彼から男性との触れ合いを遠ざけていた。

男同士だから馬鹿なことも、くだらない会話も楽しめる。

ここにきて悠はその楽しさを久しぶりに思い出したのだ。もっとも、大半は積極的すぎる女子の愚痴や大陸から取り寄せられた流行りのファッションなどなど――恋愛小説について語られても相槌《あいづち》を打つしかなく、悠が思う男の会話からは若干……いや、かなり程遠いものではあったが。ともあれ、悠は男茶会をすっかり堪能していた。

（小狐丸から光忠さんを探してきてくれって言われてたけど……）

元々休暇中であるのだから、多少の遅れが生じても文句は言われまい。

「……ッ」

「あん？　どうかしたのか？」

「……何かがくる」

どうやら、この平穏な時間を壊そうとする不届き者が現われたらしい。悠は静かに席を立ち上がる。

伴なって腰の得物に手を伸ばしたことで、周囲にも只事《ただごと》ではないと伝わっていく。ただの客であったのならば、わざわざ刀を抜く必要もないのだから。

だが、結城悠が刀を抜こうとしている。それが意味するものはたった一つしかない。和気藹々《あいあい》とした空気は一変し、不安と緊張感が喫茶店内に張り詰めた。

「まったく、せっかく楽しい時間をすごしていたというのに……」

町中に突如として出現した鋭い気が二つ。その後ろからも、二つの気《それ》に勝らずとも劣らずの気がぞろぞろと。数は恐らく、十ほど。しかし、はて。

(どういうことだ？　鬼じゃ……ないのか？)

抜き身の刃が如《ごと》き闘気こそ感じれど、そこにどういうわけか禍々《まがまが》しい鬼としての気《いろ》がまったく宿っていない。どちらかといえば御剣姫守《みつるぎのかみ》寄りで……だとすれば、どうして戦っているわけでもなしに闘気を放っているかも意味不明な話だ。

いずれにせよ、せっかくの男茶会を台無しにしてくれた突然の来訪者には即刻退店してもらうまで。素直に聞き分けてもらえなければ武力行使も辞さない。呆《あき》れと怒りを混ぜ合わせて、悠は扉の方をじっと見据えた。

気配の主が扉の前に立った。

「御用改めである！　神妙に致せ！」

がらりと扉が開かれたと同時。店内に悲鳴が上がり、どかどかと気配の主らが入り込んでくる。悠は部屋の角ですっかり脅えてしまっている男茶会仲間を守るように、乱入者の前に立ちはだかる。

「あれは……」

悠の目にあるものが飛び込んできた。それはとても見覚えのあるもので、高天原《たかまがはら》に来てからは見る頻度も高くなっている。悠の記憶で最近のものだと、事あるごとに鼻血芸を披露してくれる、かわいらしくも凄腕の剣士が該当されよう。

目の前の少女達は、その件《くだん》の少女と同じ格好をしていた。

「お前達は……」

「ほぉ、貴公が結城悠だな」

ざぁっと左右に整列した彼女らの間を二人の少女が歩く。

片や、例えるならば燃え盛る黄金の体毛を生やした獅子の如《ごと》し。

短く整えられた金色の髪と鼻筋に入った横一文字の傷が、彼女に勇ましさと凛々《りり》しさを与えている。

片や、鋭く冷たい瞳で獲物を狙う猛禽類《もうきんるい》の如く。

濡羽色《ぬればいろ》の髪を一本に束ねている彼女は威厳に満ち溢《あふ》れていて——直後、目が合うや否や、べろりと舌なめずりをする姿には不気味さを憶えさせられる。にやぁ、という擬音がこれほど似合う女性もまずいなかろう。案の定、男性達から更なる悲鳴が上がった。

程なくして、たったった、と軽やかな足音が遅れてやってくる。軽く息を切らしている、ダンダラ模様の羽織を纏《まと》った少女——加州清光《かしゅうきよみつ》だ。

「こ、虎徹《こてつ》姉と兼姉《かねねぇ》！　お、置いてかないでくださいよ！」

「はっはっは、すまんすまん。つい我慢できなくてな！」

「清光さん？」

「あ、悠さん！　どうもこんにちは！　えっと……紹介します。この二人は虎徹姉と兼姉……あ、いえ！　新撰組局長の長曽祢虎徹《ながそねこてつ》とその副長の和泉守兼定《いずみのかみかねさだ》です！　二人とも私のお姉ちゃんなんですよ」

「この二人が……ッ！」

薄々とは感じていた。ダンダラ模様の羽織、そして現われた二人に対する周囲の反応から考察すれば、想像するのはそう難しいものではない。

新撰組局長、近藤勇《こんどういさみ》の愛刀として知られている名刀……長曽祢虎徹。近江国《おうみのくに》——現在の滋賀県——の甲冑師《かっちゅうし》から齢《よわい》五十の時に刀匠としてデビューを果たした異色の経歴を持つ。

甲冑を知り尽くす虎徹の切れ味は大変よかったが故に、偽物が多く出回り、虎徹を見れば偽物と疑えという忠告が生まれるようになった。

鬼の副長こと、土方歳三《ひじかたとしぞう》の愛刀として知られている名刀……和泉守兼定。美濃国《みののくに》――現在の岐阜県――関の刀匠、兼定の一派が作り上げた一振りである。

関鍛冶《せきかじ》の刀は外見の華やかさに拘《こだわ》らない代わりに、抜群の切れ味を誇り実用的な刀として数多くの戦国武将や侍達に愛用されてきた。

そこに加州清光が加わったことで新撰組の象徴とも言える面子《めんつ》が揃《そろ》い、はて。

「今回はどういう用件でここに？　何も悪いことはしていないはずですが？」

御用改め――現代風に言い直せば家宅捜索――をされる理由が悠にはわからない。

（俺……いや、俺以外の誰かが何かしたのか？）

だとすると誰だ。悠は守るはずの男達に目をやった。ここから怪しい輩を特定するのは、余程の慧眼《けいがん》であったとしても困難を極めよう。いや、そもそも何故彼らに非があるやもしれぬと俺は疑っている。

互いのことを知り尽くしたとは到底言えたものでなくとも、楽しい時間を共有したのは確かだった。それに、彼らは何も罪を犯していない。それを俺が信じなくてどうする。少しでも疑った己に悠は深く恥じた。

「貴公らの罪状は一つ――某《それがし》らを差し置いて男ばかりで茶会をするなど言語道断。よって貴公らに下す罰は某らも混ぜることだ」

「……は？」

予想外といえば、悠の予想の斜め上をいっていたことは確かだ。

局長の言葉に待機していた隊士達のテンションが最高潮に達したのは、想像に難くない。わいわいと雑談を交えて、さぁどの男にしようかと品定めと会話に盛り上がっている姿のどこから新撰組の要素を見出せばよいのか。

（まるで女子高生のやり取りだな……）

とてもじゃないが、かの最強剣客集団として彼女らを見られそうもない。

さて、と悠は辺りを見回す。あらかた品定めも終わったのだろう、となれば後は如何《いか》にして対象を攻略するかに尽力する。もちろん標的にされてしまった側にはたまったものではない話で、既に声を掛けられて持ち帰られようとしている者がちらほらと出始めた。

そろそろ潮時だ。ここで止めなければ男茶会が二度と開かれないやもしれぬ。異世界で見つけた楽しみが一つ減ってしまうのは、悠としてもいただけない。声を掛けてきた御剣姫守《みつるぎのかみ》を一先《ひとま》ず無視して長曽祢虎徹らへと悠は歩み寄る。

「貴公から来てくれるとはな」

「勘違いしないでください。今すぐこの暴挙を止めてもらうよう言いにきただけです」

「暴挙とは心外だな。男女の本来あるべき姿に某らは戻そうとしているだけ。決して男日照りで毎日こう、色々と溜めているから発散したいなどとは考えておらんぞ？」

「その考えがトラウマを与えてるってことに気付いてくださ い今すぐに」

「むぅ……どういうことだ姉者。この本に書いてある彼奴《きゃつ》とはまるで別人のようだが」

そう言った和泉守兼定が谷間から一冊の薄い本を取り出した。どこにしまってあるんだ、とはあえて口にする必要はあるまい。して、その本に書かれている結城悠とはどういう意味なのか。疑問をのせて本の表紙を見やる。

「は？」

思わず目を見開いた。これを見開かずにいられやしない。【桜華刀恋記《おうかとうれんき》】の題名《タイトル》がでかでかと書かれた下には、これまた見知った男が描かれている。自分自身なのだから知っていて当然だ。

（これ……俺、なのか？　じゃあ——）

この本には俺が出ているのか。ぽかんと口を開けたまま、されど更なる疑問をしっかりと視線にのせて加州清光を見やる。わずか一秒足らずで彼女の顔が赤く染まった。鼻血をびゅうびゅうと噴出して喫茶店を朱に染め上げていく。別の意味で悲鳴を上げた店主《マスター》には、悠も同情の念を抱かずにはいられない。

「えっと、それ……悠さんを主人公にした恋愛小説なんです」

ちり紙でなんとか止血した加州清光が説明に入った。

「今じゃ結城悠という存在はとにもかくにもすごく有名なんです。一度でいいから見てみたい、話がしてみたい、そして……その本に書かれていることを実際に――」

「おっとそこまでだ加州、また鼻血を出すつもりか？　お前は少し休んでいろ――貴公の話は某《それがし》らも聞いている。男でありながら鬼を斬り、あまつさえ国をも救った英雄とはどのような者なのか。興味が尽きぬのは当然であろう？　この書物はそうやった妄想……あぁいや、膨らむ想像の産物といっていい」

「……ちょっと失礼します！」

和泉守兼定から奪うように本を取って、ページを開く。白紙に羅列する文章に目を通していけば、いやはや。よくもまぁこんな酷《ひど》い妄想劇が書けたものだと悠は感心してしまった。人がこれを神作と言うのなら、悠は喜んで駄作と罵《ののし》ろう。

（ふざけている……！）

自身を主人公にされるのは、案外悪くはない。だが完全に本人を再現していないどころか、まったく違うキャラクターとして描かれては怒るのも至極当然というもの。作中で数多《あまた》のヒロイン達からの誘惑を拒むも一ページであっさり堕《お》ちてしまうなど、ただの尻軽男と捉えられても不思議ではない。だから和泉守兼定の疑問にも納得できる。何故なら本の中で描かれている結城悠は、現実の結城悠《おれ》とまるでキャラの方向性が違うのだから。もし、この本の通りの男だと思われていたら実に心外だし、無許可で使用していることもいただけない。

　さて、この駄作を生んだ著者は――どうやら〝気高き漆黒の三足烏《さんそくう》〟と名乗っているらしい。

（絶対に訴えてやる。あと使用料も請求してやる……！）

　出るところは出る。一切の妥協はしない。

「……悠よ、自分の男になる気はないか？」

「ありません。これっぽっちも持ち合わせていないので、あしからず」

「はっはっは。残念だったなぁ和泉。これは攻略するには骨が折れそうだぞ？」

むぅ、と唸《うな》る和泉守兼定に長曽祢虎徹がからからと笑い――程なくして一息吐いた彼女の口が再度開かれる。とても真剣な眼差しだ。今まで見せていた女としての顔が、局長として相応《ふさわ》しいものへと打って変わったのなら、悠もまた気持ちを正して静かに応じる。

「実はだな悠よ。今日ここに来たのは、まぁ確かに男ばかりで楽しそうにしている中に入れてもらいたかったのもそうだが――某《それがし》らは貴公に用があってきたのだ」

「俺に？」

「うむ。どうだろう結城悠よ。某らの新撰組に入る気はないか？」

「え？」

「聞けば貴公は男でありながら剣の腕が立つらしいな。某らの新撰組は老若男女問わん。

強ければそれだけで某らの同志として相応《ふさわ》しい資格となる」

突然、目の前の少女がとんでもないことを言い出した。

（俺が……新撰組に？）

それはきっと、名誉あることに違いない。

新撰組という最強の剣客集団。その入隊条件は身分でも、学歴でもない。強さという単純にして極めて難しいことただ一つだけ。どれだけ志が高くとも、安定した生活を夢見たとしても、結局のところ弱い者から順番に死んでいく。死んでしまったら志も夢も、何も残りはしない。

それに則れば、局長が自らスカウトしてきた結城悠は強者として認められたことを意味している。

これが武と程遠いものからであったなら、悠の心にはきっと響きはしなかった。されどかの名刀からであれば、その言葉に宿る質も重みも変わってくる。

自分が強いと認められた。その喜びを表わすように、悠の手がきゅう、と握り締められた。

「姉者の言う通りだ。結城悠、お前の真の価値は新撰組でこそ輝ける。そして自分の男になれ」

「は、悠さんが新撰組に……わ、私の後輩ってことは、そこから……ぶふっ！」

「清光さんが鼻血を出した！」

「やれやれ、相変わらずその癖が治らんな。ほらちり紙だ」

「あ、ありがとうございます虎徹姉……」

「……さて、話を戻そうか。どうだ？」

「それは――」

何を今更迷う必要がある。己の答えは既に出ているではないか。悠は静かに口を開く。

「……申し訳ありませんが、丁重にお断りさせてもらいます」

IF《もし》を考えてしまう。あの時小狐丸に出会わず、三日月宗近《みかづきむねちか》から桜華衆《おうかしゅう》にも誘われていなかったら。俺はきっと新撰組に入隊していただろう、と。

幼少期の悠にとって新撰組とは、剣を振るう存在として憧れでもあった。特に池田屋事件で派手な立ち回りを見せた――役者達の迫真の演技は青年になった今でも鮮明に思い出せるぐらい彼の心に根強く残っていて、結城悠の鳴守真刀流《なるかみしんとうりゅう》に少なからず影響を与えたと言っても過言ではない。

だから新撰組の一隊士として働く未来《IF》も、きっとあった。

だが今は違う。

「な、何故だ!?」

「俺はもう桜華衆の一員です。俺を拾ってくれた小狐丸や三日月さんには恩があります。

だから俺も最期まで桜華衆の一員としてあり続けたい……ですから申し訳ありませんが、遠慮させていただきます」

「……なるほど、やはりいい目をしている。あいわかった。貴公がそう言うのなら仕方がないな」

「姉者!?」

「今日は結城悠と出会えただけでも大収穫だ。だが某《それがし》は簡単には諦めんからな。それだけは憶えておくことだ――行くぞお前達!」

愉快そうにからからと笑って立ち去る長曽祢虎徹。

ええ、っと抗議の声を上げるかと思いきや素直に従って彼女の後を追う隊士達に悠は感心して――数秒後、口惜しそうに振り返る様に、己の目が如何《いか》に節穴だったか恥じることとなった。俺の感動を返せ、との思いで最後は和泉守兼定に一喝された隊士達を見送る。

「そ、それでは悠さん。これで失礼します!」

「ええ、また」

最後に加州清光を見送って、悠はようやく息をもらした。楽しかった男茶会でこうも疲れるとは、当然彼が思うはずもない。気分も害され、このまま男茶会の続きをなどと言える空気でもない。今日はここらでお開きが妥当だろう。未《いま》だ恐怖に泣いている男達を悠は慰めた。

◆◇◆◇◆

がやがやと賑《にぎ》わっていた店内も、悠が介入したことで今では水を打ったようにしんと静まり返っている。

六八九年――持統天皇《じとうてんのう》により賭博《ギャンブル》が人心を惑わす魔性の遊戯として固く禁じられていたが、高天原《たかまがはら》にそのような法則はない。したがって悠は賭博客を律するために訪れたのではなく、小狐丸からの依頼を行うためにこうして足を運んだにすぎないのだが。

（まぁ、当然と言えば当然だよな……）

ギャンブルを楽しむ客層が女ばかりとあらば、そこに男が混じればどうなるかなど今更すぎる話だ。驚く彼女らを無視して、仕事を始める。

中は意外と広く、また部屋も多い。一部屋ずつ虱潰《しらみつぶ》しに探すのは骨が折れそうだが――遠くからでもはっきりと聞こえてくる大きな声がいい目印となってくれた。そして口調からして、どうやら負けていることも窺《うかが》える。

「なんでじゃぁぁぁぁぁっ！　なんで今のハズれるんじゃ!?　えっ？　おかしくないかの!?」

「何やってるんですか光忠《みつただ》さん……。昼間からギャンブルなんて感心しませんよ？」

「ん？　おぉ悠ではないか！　〝ぎゃんぶる〟……あぁ賭博のことか。なんじゃ、お主も賭博をやりにきたのか？」

「まさか。俺はギャンブルに興味ないですよ」

「まぁ賭博は男がする遊びとは言えんわな。まぁいい、ならワシが優雅かつ華麗に勝利する様を見届けていくがよいぞ。その金でお主の好きな物をいくらでも買ってやる」

「取らぬ狸の皮算用《かわざんよう》って諺《ことわざ》、知ってます？　それにさっきまで負けていましたよね？」

「こ、ここからじゃから！　こっからもうどかんと巻き返すからワシに任せておけ！」

（あ、これは駄目だな）

既に勝敗は決している。負け戦だ。無駄な損害をこれ以上出さぬよう実休光忠《じっきゅうみつただ》を止める必要がある――が、このまま痛い目にあってもらおう。痛みを憶えなければ人は学ばない。下手に手を貸してしまうより、大損をあえて喰《く》らわせた方が、ひょっとすると博打癖も改善されるかもしれない。むろん、期待などわずかばかりにしか抱いておらず、悠も既にまた同じことを繰り返すだろうと悟っていた。

それはさておき。

博打《ゲーム》が再開される。内容は丁半博打《ちょうはんばくち》。二つのサイコロの合計数が丁《ぐうすう》か半《きすう》を予測する、至ってシンプルなものだ。

サイコロが入った笊《ザル》の口が素早く盆に伏せられて、後は予測した方を唱えるだけ。丁半と声が上がる中で叫ぶ実休光忠は自信ありげな様子だ。その自信は果たしてどこからくるのやら。心中にて問いながら、悠は静かにゲームの行く末を見守ることに徹する。

結果は――。

「――あ、ありえん。このワシが……この実休光忠があああああああっ!!」

「見事なまでにボロ負けですね」

実休光忠の賭け事に対する才能、もしくは運の無さには悠も思わず感嘆の声をもらす。燃え盛る本能寺にて第六天魔王の最期まで戦い続けた愛刀の運値《LUCK》は、どうやら群を抜いているらしい。もちろん悪い意味で。

彼女の所持金は無《ゼロ》。文字通り財布の中身をすっからかんにした挙句、羽織まで担保にした実休光忠は下着一枚にまで成り下がっている――第六天魔王が見れば、さぞ己の愛刀の不甲斐《ふがい》なさに憤怒していたことに相違ない。

そして唯一の男性たる悠に、今の実休光忠の格好は刺激が強すぎる。

（どうしてこう俺の周りには普通の……って思うだけ無駄だよなぁ）

それはさておき。

「あ～あ、どうするんですか光忠さん」

「こ、このままでは……！」

「さぁさぁどうするんで？　このままだとオタク、担保に出した羽織が返ってきません

よ？」

「ん？　そういえば……いつも着てる着物がないと思ったら既に担保に出してたんですか!?　そんなになるまで負けてるのになんで止めないんですかあなたは！」

「ぐ、ぐぅ……じゃ、じゃって……じゃって！」

「だってじゃありません！　まったく……」

「さぁ、ここいらで降りますか？」

「ぐぅぅっ……!!」

ツボ振りからの挑発とも捉えられる言葉に、ぐぬぬと唸《うな》る実休光忠にはなす術《すべ》がない。彼女の性格を考慮すれば、ゲームは続行される。やられたままで終わらないのが実休光忠なのだ。

とは言えども、持ち金のない実休光忠が何を担保に差し出すのか。下着など出されても困るだろうし、刀は御剣姫守《みつるぎのかみ》としていわば己の体の一部でもあるので当然手放せない。

（……まさか）

悠は嫌な予感がした。そしてそれは見事なまでに的中する。

「……結城悠。ワシの忠実なる僕《しもべ》よ。――ぶっちゃけお主今どれぐらい持っとる？」

「うわっ、やっぱりそうきましたか」

「後生じゃ悠！　絶対に十倍……いや百倍にして返すからっ!!」

「それ絶対に返してもらえず、挙句更に借金が嵩《かさ》むパターンじゃないですか——はぁ、まったく……仕方ないです。何倍返しは結構ですから賭博はしばらく控えてください。それが条件です」

「うぅ……仕方ないのぉ」

担保代わりの衣服を支払い戻し、項垂《うなだ》れる実休光忠を連れて悠は賭博屋を後にする。実休光忠への好感度がぐんと下がったのは、まぁ言うまでもない。俺はこうならないようにしよう。意気消沈の実休光忠を反面教師として悠は見やった。

「これに懲りたらギャンブルは控えてください。遊ぶなとは俺も言いませんけど、所持金がなくなるまで没頭するのは、はっきり言っていただけませんよ？」

「はぁ……今日だけじゃ。今日だけワシに運が回ってこなかっただけなんじゃ。本当じゃぞ？」

「はいはい。それじゃあちゃんと貸したお金、返してくださいよ」

「わかっとるわかっとる。このワシに任せておけ」

「……すこぶる不安です」

多分、貸した金が返ってくることはあるまい。

「そうそう、小狐丸からの伝言です。これ以上仕事をしないなら強制除隊させる……だそうですよ」

「むぅ、除隊とは大きくでたの。やれやれ、それじゃああの駄狐の所に戻るとするか」

「その方が賢明かと」

次の瞬間。弥真白《やましろ》に鐘が鳴り響いた。

周囲から恐怖の悲鳴がたちまちに上がる。落ち込んでいた実休光忠の目にも生気が戻り、悠も己が愛刀に手を掛ける。鬼の襲来を告げる合図だ。そうとなれば今の自分に休暇も何もない。桜華衆《おうかしゅう》の一員として俺がするべきことはただ一つ、この世界を守るのみ。隣の仲間を見やる。既に抜刀を済ませていて戦闘態勢だ。魔王と呼ぶに相応《ふさわ》しい表情《かお》が、とても頼もしく思える。

「……丁度いい。ここは一つ、あの駄狐への手土産として狩っておくかの」

「本音は？」

「決まっておろう。賭博で負けたことへの憂さ晴らしじゃ!!」

「……そんなことだろうと思ってましたよ」

小さな溜息をもらして、先行した実休光忠を追いかける。

「ワシに嬲《なぶ》り殺されたい奴はどいつじゃ!?　今なら絶賛大奮発で爪先からじっくり挽肉《ひきにく》にしちゃうの刑に処してやるぞ！」

「怖いこと言わないでください。普通でお願いします普通で」

ちゃんちゃんばらばらと打ち合う両陣に実休光忠の【天魔顕現《てんまけんげん》】が唸《うな》りを上げた。

無数の骸手が鬼をぐしゃりと叩《たた》き潰し、ごりっと砕けば、次々と新鮮な鬼の挽肉《ミンチ》ができあがっていく。その目にも耳にも極めてよろしくない惨状に、敵はおろか味方すらも青ざめた顔で目を背けていた。完全なる八つ当たりで、鬼に同情を……悠がすることはない。

それはさておき。

「あれは……!?」

悠の瞳の中では、少女と鬼の戦いが演じられていた。息も絶え絶えに刀の構えを保っているのがやっとである数打《かのじょ》と、仁王立ちして見下ろしている大鬼とでは、どちらが優勢なのかは明らかだ。

あの大鬼は尋常ではない。それはかつて、旧池田屋にて刃を交えたかの鬼を悠に思い出させる。夜叉丸《アレ》ほどではないが、しかし数打《しょうじょ》が相手にするのはあまりにも分が悪い。

周りを見回しても、少女に応援がやってくる気配は皆無だ。頼れる仲間も、今は自身のストレス発散のために暴れ回っているので期待するのは無駄になろう。

さて、となると誰かあの少女を助けるのか……。

「させるか！」

その答えならばもうとっくに出ている。大鬼《アレ》を狩るのは結城悠《おれ》の役目だ悠は地を蹴り上げる。今まさに少女を斬らんとしていた一太刀を、飛燕《ひえん》の剣速で跳ね上げた。少女と鬼との距離を空けさせ、その間に自身を割り込ませることに成功する。

これで敵手の意識は悠へと向けられた。一対一の状況ならば、たとえ御剣姫守《みつるぎのかみ》でなくとも充分な対応ができる。敵手を見据えたまま、背後の少女に気を配る。

「大丈夫か？」

「……え？　あ、ウチ？　ウチなら全然……」

「ならよかった。さて、ここから先は俺が相手をする。文句は……ないよな？」

返答はない。人語を理解する鬼がいるとは三日月宗近達からは聞かされているが、目の前の鬼からの反応《レスポンス》はさほど求めていない。代わりとばかりに襲ってきた。

実にわかりやすい。ならば俺もまた剣を以《もっ》て応えるまで。剣鬼らしく、ただ無情のままに敵手を斬り殺すのみ。

振り下ろされた一撃に、悠は怯《ひる》むことなく前進する。

何故なら敵手の目にはもう悠の姿は映っていない。鳴守真刀流——陽之太刀によって視界を遮られた鬼は、二度と彼の姿を視界に収めることもないまま、剣鬼の一太刀の前にどかりと音を立てて倒れた。

新手が三体、列を成して襲ってきた。すぐさま刃を翻して、悠もまた敵手へと肉薄する。殺意を孕《はら》んだ太刀筋を的確に見切りながら、駆け抜け様に急所を狙った悠の剣が切り裂いていく。べったりと付着した血を振るい落として、星刃《せいば》は鞘《さや》へと納められる。切羽《せっぱ》と鯉口《こいくち》が重なる、ぱちりと涼やかな金属音が鳴ると同時、まるでそれが合図であったかのように、死に体の鬼がびゅうびゅうと血を流して地に転がった。

「おい大丈夫か？」

戦いも終わり、脅威は去ったと判断した悠は改めて少女を見やった。

色鮮やかな櫨染色《はじぞめいろ》のサイドテールと左目を覆う眼帯がなんとも特徴的な少女だ。また鉢金《はちがね》も損傷具合から、彼女との付き合いの長いことが見て取れる。あえてここに付け加えるのなら、幼い容姿に反して胸の大きさはなかなかなものだ。

「大丈夫か？」

「あ、あぁうん。大丈夫やで」

差し伸べた手が、なんとも刀を振るうには不釣合いだろう。白くきれいな手に掴《つか》まれて
――次の瞬間。悠はわずかに目を見開いて少女を見据えた。

（なんだ……この感覚は⁉）

初めての違和感に悠は戸惑いを隠せない。

この娘はいったい何者か。何故この娘からは鬼の気《ソレ》と同じものを感じたのか。

人が持つ優しい温もりの中に生じた違和感が、悠を大いに狼狽《ろうばい》させる。もし、人に化ける異能を持った鬼であったなら、結城悠に待ち受けているのは死という結末《みらい》。俺はまんまと敵の罠《わな》にはまった間抜けだ……が、このまま素直に命をくれてやるつもりは毛頭ない。

空いている左手で脇差の柄を掴んだ――ところで。

（いや、本当にこいつは――）

俺が斬るべき相手なのか。悠は自らを制止して、沈思する猶予を与える。

本当に敵であったなら、結城悠は迷わず討つ。だが、果たして目の前の少女が敵といえるか。その可能性はどんどん低くなっていくことを悠は実感した。敵であれば悠長に手を掴《つか》んだまま、熱を帯びた視線を向ける必要もなかろう。にぎにぎと感触を味わうような手つきに、あぁ、と悠は警戒心を解いた。

（このいやらしい手つきは完全に御剣姫守《みつるぎのかみ》だ……）

散々誘惑されてきた経験が、ここにきて生かされるとは思いもしなかった。

何はともあれ、この少女を斬らずに済んだ悠の顔にも安堵《あんど》が浮かぶ。きょとんとしつつも、未《いま》だ手を握っている少女に改めて声を掛けた。

「えっと、とりあえず大丈夫そうだな。怪我《けが》とかも……してないな」

「ウ、ウチは全然大丈夫やで！　おおきにな兄ちゃん」

「いや、俺なんかまだまだだ。無事でよかった」

「……アンタが結城悠っちゅう男やな？　いやぁ、話で聞いてたよりこりゃ美形で驚いたわ。やっぱ生の男の魅力言《ゆ》うたら全然違《ちゃ》うな！」

「そ、そうか？」

「せやで！　あ、ウチの名前はきじ……やのうて！　藤《ふじ》っちゅう名前や。よろしゅうな」

「藤……？」

明らかに偽名だ。よくよく見やれば、九十五式軍刀ではない。銘こそわからずとも、さぞ名のある業物であることは容易に想像できよう。

「しっかし、見れば見るほどえぇ男やなぁ。刀を振るわせるんがもったいないわ。どや？　今からウチの男にならへんか？」

「遠慮しておく。そういうのは間に合ってるからな」

「そ、即答かいな。ウチの大将らが言《ゆ》うとった通りの男やな」

「大将？」

「あ、なんでもあらへん。ウチの独り言や。ほなっ、ウチはこれで失礼するわ。いつまでもツレ待たせとって雷落とされんのも嫌やし」

「あっ、おい！」

手を伸ばし――既に遠くにある彼女の背中に届くことは叶わぬと知って、悠はそっと手を下ろす。

結局、彼女が何者であるかわからぬがままに終わってしまい……。

「まぁ、いいか」

遠ざかっていく小さな背中を悠は黙って見送った。

結城悠の剣はあくまで誰かを守るためにある。そこに礼や見返りを求めたりはしない。

藤という一人の少女《いのち》を救えたことと、彼女の元気いっぱいな姿を見られたことが報酬と思えば悪い気はまったくしない。

自分でも満足のいく戦果に、悠の顔にも自然と笑みがこぼれた。

「いやぁ、やはり適度な……なんじゃ。〝すとれす〟解消は必要じゃの！」

後ろでからからと上機嫌に笑う実休光忠。周囲に転がる肉塊の清掃を嫌々行う数打達からの恨みがましい視線に、悠はそっと目を伏せた。知らぬが仏――彼女が知れば傍若無人っぷりの被害を被るのは周りなのだから。

◆◇◆◇◆

青かった空も漆黒へと塗り替えられ、活気溢《あふ》れていた街も今やすっかり眠りに落ちている。そんな彼らを静かに照らしていた月明かりは、眠る街に唯一動く影を捉えていた。

一陣の疾風となったその者の顔には、焦燥感と疲労が入り混じっている。

「あぁ……クソッ！」

いったいどうしてこうなってしまったのか。呼気を刻む悠の口からは悪態も一緒になって絶えずこぼれていく。

実休光忠を支部へと帰してからのことだ。悠は旅行の準備に取り掛かるべく行動を再開させて、現在に至るまで邪魔者から逃げていた。

これが鬼であったならば、まだ己が使命として片付けられていた。だが残念なことに邪魔者とは御剣姫守《みつるぎのかみ》であって、毎度ながらなにかと絡まれることはあるも今回ばかりは本気で貞操やら人権やらが剥奪されそうになっている。

それもこれも、すべては【桜華刀恋記《おうかとうれんき》】にある。

小説の設定を現実のことだと信じきった読者は、強引に押せば結城悠を篭絡できると本気で思っている。そんな現実と創作の区別がつかなくなった御剣姫守から町中を追い掛け回されて、悠がようやく自由を手にした頃にはすっかり夜になってしまっていた。

（早く帰ってやらないと……！）

悠の脳裏では、腹を空かせた仲間達がぴぃぴぃと泣いている。ようやく料理の腕も人並み……の十歩ぐらい手前まで上達した彼女らであっても、自分に比べればまだまだで。悠の手料理が小狐丸達にとっても楽しみの一つとして成り立っている。

（もう少しだ……もう少しだけ待っててくれ！）

次の角を曲がる。土塀に挟まれた一本小路を抜けさえすれば、支部までは目と鼻の先だ。もうすぐ腹を空かせて待っていようチビっこと遊び人に飯を作ってやれる。

一本小路の出口も見えてきた。あと少し。あと少しだったところで――

「……誰だ？」

悠の足はぴたりと止められる。

進行方向先に誰かがいる。それだけであったなら、特に問題視することもなかった。そうならなかったから、悠は大刀を抜いている。

白いローブで全身をすっぽりと包んでいるせいで顔がわからない。いや、その真意は斬ってから確認すればよいこと。既に抜刀を済ませて、月夜に刃をぎらつかせている相手であれば、自分はただ斬り結ぶのみ。やるべきことをしろ。悠はそう己に強く言い聞かせて、双極の構えを取った。

次の瞬間。敵手が動いた。先の先。軽やかに地を蹴り上げて肉薄する敵手に、悠は陰之太刀を以《もっ》て迎え撃つ。月光の恩恵を浴びた刀身が眩《まばゆ》い輝きで相手の目を晦《くら》ませ、後はその隙に本命の一撃を叩《たた》き込めさえすれば勝てる。

だが、そのシナリオはあっけなく敵手の凶刃にて打ち砕かれることとなる。数多《あまた》の鬼を屠《ほふ》ってきた剣鬼の一太刀を、まるで見飽きたと言わんばかりにあっさりと。初見で見切られたことが初経験である悠もこの事態には目を丸くして――だが、すぐに彼の顔からは驚《きょう》愕《がく》の感情《いろ》は取り払われる。

人外ばかりが住まうこの異世界で、結城悠という純度百パーセントの人間が真っ向から戦いを挑むのだ。人智を超越した手合いばかりなのはもう今更すぎる。仮にこれが三日月宗近であったならば、自分の剣など技を出す前に破られていたことだろう。

二度、三度と刃を打ち合わせて、悠は静かに笑う。その様子が、不思議だったのだろう。鍔迫《つばぜ》り合う刃を通じて敵手の剣気に乱れが生じたのを、悠は察した。

結城悠は男だから。性別を理由に手加減されることを悠は何よりも嫌う。そういう意味では、この敵手の剣には一切の迷いも手加減もない。結城悠を対等な存在として見てくれている証拠だ。そのことが素直に嬉しくて、故に剣鬼の剣はより一層の輝きと鋭さを増す。腰で控えていた脇差もついに抜き放たれた。

二刀流――結城悠の真なる剣《すがた》を以て、敵手へと肉薄する。

獲物へと一気に間合いを詰める蛇の如《ごと》く。ゆらゆらと左右に身体を振りながら、しかして高速で相手との間合いを詰める姿に対峙《たいじ》した者に奇怪な目を向けさせよう。この技は既に、地を蹴った瞬間から始まっている。相手の目を錯乱させ、照準を定めさせない結城悠が編み出した歩法――蛇剋《だかつ》。

超人的な動体視力に即応能力を兼ね備えていなければ見切ることは至難と自負しているこの技も、敵手には届かない。これをもあっさり見切られたとなると、さてはて。どんな技を以てすればこの敵手に泡を吹かせてやれるのか。

（絶対に勝つ！）

十合と打ち合った。続けて十一合目と差し掛かった――その時。

「何!?」

土塀を越えてこの戦いを邪魔をするものが現われた。

この戦いの音に誘われた野次馬か——違う。突然の乱入者かただの野次馬であったなら、悠に九つ《おとこ》もの刃が向けられることもなかろう。付け加えて一様に白いローブで身を隠しているとなれば、その答えもたった一つのみに絞られる。

「ここにきて……敵の増援か！」

戦況が瞬時にして変わる。もちろん悠に敷かれたのは劣勢の二文字だ。たった一人でも未《いま》だ仕留められずにいたのに、九人も同時に相手にして勝てる確率がどれだけある——皆無《ゼロ》だ。口惜しいことに今の結城悠ではこの難局を一人では覆せない。

（俺はまだ……ここで死ぬわけにはいかないんだよ！）

悠はここで背中を相手に晒《さら》した。即ち、逃走の姿勢である。勝てぬとわかった以上、律儀に相手をすることになんの価値もない。人もそれを蛮勇とは呼ばぬ。だからここは逃げることこそが何よりも正しい選択なのだ。

幸いにも、敵手の狙いはあくまで自分ただ一人だけである。弥真白《やましろ》を潰す目的であったのなら、わざわざたった一人の人間を待ち伏せしている意味もない。

敵は絶対に自分を追ってくる。悠にはそんな自信があった。

案の定、九つの刃が悠を追ってくる。

それもそうだ。逃走の最中に、悠は自嘲気味に小さく笑った。狙っている相手をおめおめと逃がす馬鹿がどこにいる。最初から逃がす気があれば、一人相手に九人も動員する必要もあるまいに。

それでもここから逃げ切らねばならない。一度だけ立ち止まり、悠は振り返り様に大刀を横薙《よこな》ぎに払った。すぐに背後から迫っていた第一刃と交差して——ほぼ同時。間髪いれずに第二刃が悠の脇差と鍔《つば》迫《ぜ》り合い、第三、第四……と絶え間ない連続攻撃が悠から反撃の好機を無慈悲にも奪っていく。

「クソッ！　こいつら……それに、この剣は！」

襲ってくる凶刃の群れに悠は必死で応戦した。

単純に数だけでも充分すぎるほど彼には重荷となる。そこに無慈悲にも技量が加われば、悠が防戦一方を強いられるのは当然の結果だと、第三者は一様に口を揃《そろ》えよう。数と連携力、殺人剣術の三要素が悠からじわじわと体力と余裕を削ぎ落として——やがては土塀際まで追いやられて、逃げ場を完全に断たれた悠は敵手らをぎりっと睨《にら》み付ける。

（……いったいなんのつもりだ）

太刀打ち合ってから、ある疑問が沸々と悠の中で湧き上がっていた。気が付いたのは、増援が現われたところから。どれもこれも、結城悠の命をまったく狙っていない。

わかりやすく形容するならば、それは手加減というもの。もっとも嫌っていることを相手にされたものだから、悠の顔にも怒りと悔しさが色濃く浮かんでいる。

「……こうも手加減されると、さすがに傷付くぞ――お前達の目的はなんだ!? どうして俺を狙う!?」

悠の問いに敵手からの返答はなかった。

まぁ当然だろう。悠も大して反応《レスポンス》は求めていなかったのだが――はぁ、はぁ、と熱気を帯びた呼気があちこちで上がり始める。

予想以上の反応《レスポンス》があった。あって、結局こうなるのか、と悠は落胆の表情を示した。

殺さなかったのは手加減ではない。ただ単純に結城悠《おとこ》を無力化して情事に走ろうとしていただけだったのだ。そんな凶行はこの世界においても犯罪であることを、彼女達が知らぬはずがない。

(馬鹿げている――)

そうまでして、この女達は己の欲求を満たしたいのか。悠は呆《あき》れの溜息をもらす。

女だらけの世界で、元いた世界と同じ振る舞いをする自分も、要因の一つであることは否めない。それでもやはり、一番の原因はあの【桜華刀恋記《おうかとうれんき》】の存在だ。

あたかも本人の姿をありのまま描写《トレース》したといわんばかりの内容が、哀れにも年がら年中餓《う》えている女性達の性的欲求に拍車をかけたことに相違ない。

この状況も、もしかして描写の一部として描かれていたのか――

「どうでもいい」

実にくだらないことに思案してしまった。相手が誰であろうと、悠は色欲魔集団を罰せねばならない義務が発生した。

彼女達の気持ちは、その立場に立ってみぬ限り永遠に一生理解できまい。それでも世の男性が少しでも安心して、彼が持つ一般常識に当てはめるのなら健全かつ純粋な恋愛を育めるよう、悠はこれからも戦い続けることだろう。

それをなすためにも、今ここで自分がヤられるわけにはいかない。

「悪いが、俺があのとんでも本と同じ風になると思ったら大間違いだからな。どれだけ無様を晒そうと、俺は最後まで抵抗させてもらうぞ！」

「その通り。悠の純潔をもらうのはこの私の役目で君達じゃないよ」

とん、と。軽やかな足音が頭上で鳴った。

見上げる。ふわりと浮かぶ白い下着――もとい、その穿《は》き主。月下にて、きらきらと燃える金色の美しい毛並みの狐耳と尻尾を生やす者は、ここ弥真白《やましろ》において一人しかいない。

「人の男に手を出すなんて、君達はとんでもない愚行を犯したことになるよ」

この危機的状況を乗り切るのに、これほど頼もしい援軍もそうはいまい。

ゆらゆらと金色の尻尾が揺れ、蒼《あお》い狐火がちりちりと大気を熱する。幼い容姿ながらも妖艶な色気と豊満な胸を兼ね備えた彼女――小狐丸の登場は悠のみならず、敵手にも驚愕《きょうがく》を与えた。

「小狐丸！」

「まったく、あまりにも帰りが遅いから総出で探しにきたんだよ。でもどうやら一番手は私だったみたいだね。やっぱり悠と私は運命の赤い糸で結ばれているみたいだ」

「冗談抜きで助かった。ナイスタイミングだ小狐丸。悪いけど少し手を貸してくれないか？」

「元よりそのつもりだよ。私の悠に手を出すことがどれだけ罪深いか、私が思い知らせなきゃ気が済まないからね」

にこりと、無邪気でどこか妖艶な蒼炎妖狐《そうえんようこ》の微笑が、敵手に緊張感を走らせる。その様子にもう一度……今度は悪鬼をも泣かしてしまいそうな冷笑を以《もっ》て、小さき名刀は敵陣へと切り込んだ。

こんこんと蒼《あお》い狐火が踊り鳴いて、しゃりんと刃鳴《はなり》がすれば、後に残るは外道どもの骸《むくろ》のみ。結城悠がどうしようもできなかった劣勢を、彼女はたった一人にして、わずか数秒足らずで盤面を引っくり返してみせた。

（やっぱり、小狐丸は強い！）

「さぁて君達にはどんな処罰がいいかな？　斬首はあっさりしすぎているし……そうだな。拘束されている君達の前で私と悠の情事を見せつけるなんてどうだろう？」

「却下に決まってるだろ馬鹿」

「馬鹿とは酷《ひど》いね悠――それじゃあそろそろ終わらせようか」

小狐丸が太刀を構え直す。身構えた敵手を悠は見やる。このままいけば勝利するのは小狐丸だ。それは相手も理解してよう。それでも体勢を崩さないところを見れば、どうやら敵手は小狐丸を破るつもりでいるらしい。

敵前逃亡を恥と思ってのことか、あるいは逃げ切れぬと悟ったか。その真意は果たしてどちらにある。悠はじっと敵手の行動に注視する。

「あっ！」

戦況に変化が生じた。敵手が取ったのは後者。小狐丸から逃走を図ったのである。

これを弥真白《やましろ》を任されている身の小狐丸が逃がすはずもない。すぐさま駆け出し――火薬が炸裂《さくれつ》する音ともうもうと上がる白煙が彼女の行く手を遮った。

「煙幕!?」

「げほっ、げほっ……この！」

むせつつも太刀が白煙を切り裂く。視界が晴れた時には既に、敵手の姿はどこにもなかった。

「……逃げられたみたいだね」

これ以上の追跡は不可能と判断したであろう、小狐丸が太刀を鞘《さや》へと納める。それに伴なって悠もまた二刀を納めた。

「でも俺もこうして無事でいる。助かった小狐丸」

「ふふっ。愛しの君を守るためだからね。お礼は今夜添い寝してくれたらいいよ」

「添い寝か……寝るだけならな」

「えっ⁉　ほ、本当かい⁉　いや言ってみるもんだね」

「……冗談だ。別のことで手を打ってくれ」

「むぅ……それなら今度、私と〝でぇと〟をしてもらおうかな」

「まぁ、それぐらいならいいか。わかった、ただしそれまでにきっちりあの紙の山を登り切っておいてくれよ？」

「了解したよ。それじゃあ帰ろうか。今日は私達が夕餉《ゆうげ》を用意したけど、次はちゃんと君の手料理を食べさせてほしいな」

「悪かった。元はと言えば俺が帰るのが遅くなったのが原因だからな。気を付ける」

悠は小狐丸と支部へ帰還した。

◆◇◆◇◆

上を見やればどんよりとした鉛色で、視線を下ろせばぎらぎらと輝く美しい銀色。

対極ですらない両者の存在は、雲の隙間からわずかに差し込む光の憎い演出によって幻想的な美しさを描き出す。

それらに見とれる傍らで、身も心も凍て付くような環境は厳しいの一言に尽きよう。日本人である己にとっては馴染《なじ》みある季節であるわけで、しかし彼の中では堂々の最下位に位置づけられてもいた。

さくり、さくりと骨のように真っ白な地面に足跡がくっきりと残されては、しんしんと降る結晶によって埋められていく。ふぅと吐息一つもらしては、無色《なしいろ》から白へと変わる二酸化炭素が寒空に静かに溶けていく様を見やり……。

「さ、寒い……」

一人、愚痴る。愚痴ったところで、この環境が改善されたならどれだけ嬉しかったことか。残念ながら悠の愚痴はびゅうっと吹く雪風にさらわれてしまった。

それはさておき。凍てつく寒さとはよく言ったもの。寒さを通り越して痛みに変わるほどの環境下ではっはっはと豪快に笑い飛ばしたら、その者の感覚こそ異常と診断するべきで、早急に医者の手配をする必要があろう。そういう意味では、自分の感覚は正常だという証拠にもなる。

「それにしても……これが、呪われた土地の由縁か……っ！」

永久銀冷領域《えいきゅうぎんれいりょういき》……神威《かむい》を呪われた地と口にする者は多い。雪が永遠に降り止《や》まぬ異常気象に桜華衆《おうかしゅう》も管轄外と認定するほど、この場所で人が暮らしていくにはあまりにも厳しい環境だった。

では何故、と。そんな土地にわざわざ悠は足を運ぼうとするのか。彼に浴びせられる疑問と説得は大波の如《ごと》く、しかし当人は修行のためと返すばかり。今回の神威訪問の理由は別にある。それを悠は誰にも知られてはならなかった。

呪われた土地でも、昔からこの苛酷な環境と共存してきた人はいる。そこである者と出会うべく、悠は神威の地へと足を運んでいた。

(俺にいったい、何の用があるっていうんだ?)

一人で神威へこなければ大切なものを再び失うと知れ――と。たった一言添えられていた手紙の主に悠は心当たりがあった。先日、夜襲を仕掛けてきたあの白いローブの集団だ。大切なものとは、はて何を指し示しているのか。改めて自らに問い質してみれば――いつの間にか俺にはこんなにもたくさんの大切なものができていたみたいだ、と。脳裏に次々と浮かぶ存在に悠はふっと口元を緩めた。

(俺にできることなんてたかが知れている。でも――)

敵手の目的など皆目見当がつかない。だが、自分の大切なものに魔の手が迫ろうとするならば、悠は是が非でもこれを阻止せねばならない。

それはさておき。

「ほ、本当に……こんな場所にいるのか!?」

歩けども続くのは銀世界。最初こそあった感動も、悪環境の前には遥か昔の感情《もの》と成り果てて、現在《いま》や生死の危機すら憶え始める始末だ。

思考も正常だし幻覚もまだ見えていない。だが、このまま身体が冷やされ続ければ間違いなく低体温症に陥りそのまま悠が迎えるのは凍死である。

（急がないと……!!）

既に肉体は疲労に疲労を重ね、休息を取ることを何よりも求めている。

もちろん、悠としてもそうしてやりたいのは山々ではあったが、何せ場所が場所だ。小狐丸達ですらも把握しきれていない未知の土地で、ましてやこの悪環境下で休むのは良策とはいえない。

今は一歩でも多く進んで町を目指すのみ。ふぅ、と大きく息を吐いて悠は前進する。

「あれ？　兄ちゃんこんな所で何してるんや？」

寒空の下で、聞き憶えのある声がした。

とうとう幻聴が聞こえるようになってしまったかと不安に苛《さいな》まれながら、悠は恐る恐る振り返る。見知った少女がきょとんと小首をひねっていた。同時に、白くもこもことした毛皮の外套《がいとう》が何よりも悠を羨ましがらせる。

「お前は……確か」

「藤やで兄ちゃん。どないしたんやこんな所まで来て」

「い、いやまぁちょっとした観光……になるのかな」

「観光って……ホンマによぉ来たなぁ。本土の人間やったらこないな場所絶対に観光せぇへんのに」

「理由があるんだよ。そういう藤はどうしてここに？」

「なんでってそりゃ兄ちゃん、ウチは神威出身やからやで。こないだ弥真白《やましろ》に行ってたんも、まぁちょっとした野暮用っちゅーわけや。しっかしホンマよぉ来たな兄ちゃん——よっしゃ。これも仏さんの導きやろ。ウチが兄ちゃんを町まで連れてったるわ！」

「そ。それは助かる……」

心強い助っ人に、悠の顔にも安堵《あんど》の笑みが浮かぶ。生きて目的地へ辿《たど》り着けることへの安心感を糧に、一人ぬくぬくと自慢げ——恐らく本人にその意思はなかろうが——に毛皮の外套《がいとう》に包まれる藤の手前、かっこ悪い姿は見せられまいと気丈に振る舞う。

（は、早く町で休みたい……!!）

「ん？　兄ちゃんちょっとそこで止まり」

不意に、藤が立ち止まった。

声と顔に真剣みを帯びた彼女を見て、何が起きたのか把握できぬほど悠は愚鈍ではない。どうやら敵が攻めてこようとしているらしい。しかし——

（どこだ……いったいどこにいる？）

雪のせいで視界が悪いことを抜きにしても、悠の瞳に敵影は一つとして映っていない。

だが、どうやら藤の目は敵を捕捉しているらしい。一点をじっと凝視する彼女と同じ方向に悠も目をやった。

「来るで兄ちゃん！　気ぃ付けや！」

藤が叫ぶ。それが開戦の合図となった。

雪の下に身を潜めていたものが悠の前に姿を現わす。

異常なまでに発達した分厚い筋肉を覆う白い体毛は、悠に雪男《ビッグフット》を連想させる。されど灰色の肌に赤き瞳は彼らが鬼である証。

「寒冷地仕様……差し詰め雪鬼ってところか！」

鬼叫《ききょう》が銀世界に確《しか》と響く。四肢が、神経が、魂が……、結城悠を形成するすべてが打ち震えた。本土の鬼と比べて、さて如何《いか》ほどなものか。悠は自身へと向かってくる雪鬼をぎりっと見据えた。

飛んでくる剛腕は、とても直線的だ。喰《く》らえば一撃でこの身は破壊されるだろうが、技術もなく策も弄《ろう》さぬ攻撃に結城悠は敗れるような男か――断じて否。この程度ならば、本土で幾度となく悠は乗り越えてきている。

攻撃を掻《か》い潜《くぐ》り、無防備なところへと悠は己が刃を運ぶ。斬、と小気味よい音と手に伝わる感触に悠の口角がわずかばかりにつり上がった。その隣、鬼を射殺した藤の怪訝《けげん》な眼差しに気付き、振り返り様にもう一体斬り捨てる。

「……なんで斬れたんや？　こいつらの毛皮は剣山のようになっていて、しかも鉄鍋みたいに硬いっちゅーのに。どないなってるんや兄ちゃんの刀《ソレ》は」

「こいつは特注品でな、並大抵の刀と比べてもらったら困る――それよりもまだ来るぞ！」

「そ、そやったわ！」

「あとなんで例えが鉄鍋なんだ⁉」

「なんとなくや！」

赤々とした血が銀世界を朱に染めていく。

三体目の鬼を斬り終えて、悠は大きく呼気をもらす。

「はぁ……はぁ……」

（くそっ……身体が思うように動いてくれない！）

悠の肉体は神威という劣悪な環境に耐えうるようにと適応化を始めていた。そのために必要なのが膨大な熱量《カロリー》であり、その消費は勢いを留めることがない。

当然、そんな状態で身体を酷使させるのだから戦闘面においても悪影響を及ぼす。

「ぐぅ……さすがに、このままだと……！」

身体は鉛のように重く、刀を握っていることすらも億劫《おっくう》とすら思えてしまうほどに、悠は疲弊していた。

気力が尽きるのも、もう時間の問題だ。あと数分足らずにして、結城悠の肉体は活動を停止させてしまう。そうなる前にどうしても、せめて一匹でも多くの鬼を斬らなければ藤ひとりに重荷を背負わせてしまう。そのような事態だけは悠は回避せねばならない。

だが、そんな悠の努力を現実は嘲笑《あざわら》う。

「兄ちゃん！」

「くっ……」

判断能力が鈍った。怒号に近い藤の声に気付いた時には、目の前まで剛拳が迫っていた。

回避――不可能。防御――成功率は高し。ただし身体に甚大な被害《ダメージ》を負うことは確定。次の行動で敗北する確率は……百パーセント。

（間に合わない！）

剛拳が鼻先に触れて――世界が反転する。

雪景色がざっと流れたかと思いきや、冷たく固い雪の感触が背中に伝わる。

悠は、生きている。鼻先をほんの少し掠《かす》っただけで五体とも無事なままだ。しかし、いったい何が起きたのか。重たい身体に鞭《むち》打って、起きて見やれば一人の少女の姿が視界に入る。

「堪忍や兄ちゃん。今は……こっち見んといてほしいんや」

「ふ、藤……！」

鉢金と眼帯が遠くに落ち、守られていた額には一筋の赤い線がゆっくりと伝い落ちていく。どうやら先程の一撃を回避できたのは、藤が身を挺《てい》して庇《かば》ってくれたからで——ならば守られてしまった悠の口からは謝罪と感謝の言葉が述べられなくてはならない。ならないのだが、思わずそれをも忘れてしまうほどの衝撃が悠を襲っていた。

「藤……お、お前……」

ここで尋ねることは愚策だ。この状況で唯一頼れる彼女の精神を乱しかねない。そうなってしまえば二人揃《そろ》って無様に殺されよう。

だが、そうとわかっているのに。一度抱いた疑問は留まることを知らず。理性を振り切ってしまった悠は、とうとう藤に尋ねてしまう。

「藤……その〝角《つの》〟は。それにその目の色も……」

「あ……いや……」

変色した灰色の肌から天へと伸びた、小さくも鋭い突起物は俗にいう、角と呼ばれるもの。眼帯の下に潜んでいた瞳は、血の如《ごと》く赤々しい。これらは皆、人間……いや、御剣姫守《かのじょ》達が持つものにあらず。今日に至るまでに何匹と、自分の手で斬り伏せてきた人外《おに》とまったく同質なもの。

（混血種《ハーフ》……）

これ以上相応《ふさわ》しい言葉もまずなかろう。

「嫌や……ウチを、ウチをそんな目で見んといて……お願い、やから……」

「藤！」

まるで見捨てられたくないと縋《すが》るように、今が戦闘中であるにもかかわらず必死に角と赤眼を隠す藤に雪鬼達が躊躇《ちゅうちょ》するはずもなく。限界に近い身体では倒すことが叶わずとも、藤を凶撃から守ることに成功した悠は、再び彼女へと目をやった。

「藤！　おい藤しっかりしろ!!」

「嫌や……もう、一人は嫌なんや……ウチは、ウチはバケモノなんかと――」

「あぁそうだ！　お前はあいつらみたいなバケモノなんかじゃない！」

悠は藤の頬を叩《たた》くと叱責する。

彼女のトラウマを掘り返してしまったことは、他の誰でもない自分の責任だ。それについてはもちろん謝罪するつもりだが、今この難局を乗り越えなくてはそれも叶うまい。

だからこそ、辛い過去を思い出し苦しんでいることも重々承知の上で、藤には立ち上がってもらわなくてはならない。彼女の協力なくして勝利などどうして掴《つか》めよう。強い口調のまま、悠は言葉を更に紡ぐ。

「藤……！　お前にどんな過去があるかは知らない。だけどお願いだ、今は俺と一緒に戦ってくれ！」

「お願いや……ウチ酷《ひど》いことせんから……お願いやから見捨てんといてぇな……」

「くっ……！　よく聞け藤！　俺はお前を怖いとは思わない！」

「……え？」

「……俺はお前のことをまだそこまで知らない。だけどこれだけは言える——角があろうが目が赤かろうが、お前は藤という一人の御剣姫守《みつるぎのかみ》であることに変わりはない」

「に、兄ちゃん……？」

「その角と目の色……お前には何かしらの理由で鬼の一部があるんだろう。だけど俺からしてみれば、別にそれだけのことだ。それにいいことを教えてやる、そういう能力は希少価値があるし、世の中には藤みたいな女の子に萌えるって輩はたくさんいるんだ。ちなみに俺も好きだぞ！」

この状況を覆すには、これが最善に違いない。そう信じて、悠は自らの性癖《フェチ》を大きな声で告白した。

ラミアやハーピィなど、人の中に魔の要素を取り入れた、いわゆる人外娘はその背徳感故に美しく、数多くのオタクを萌えさせてきた。悠もその内の一人であり、彼の初恋相手もゲームに登場する人狼《ウェアウルフ》の少女だったことを皮切りに、成人してからも未《いま》だにタイプの女性として悠の心の中にあり続けている。

相反する二つの要素を兼ね備えた藤は、きっと稀《まれ》に見る人種だろう。それ故に混ざり者と彼女に不必要な恐れを抱き、罵声《ばせい》を浴びせた者達への心情が理解できないでもない。人間とは常に、常識から外れたものに酷《ひど》く差別的になるものだから。

だが、結城悠という男はそれに部類されない。藤は一人の御剣姫守《しょうじょ》にして、自分が守らねばならない命の一つなのだ。そうと認識している悠は不敵な笑みを以《もっ》て応える。

「お前はお前だ藤！　鬼の一部があろうがなかろうが、俺はお前を怖いとは思わない」

「兄ちゃん……――おおきにな兄ちゃん。そない言われたら、情けない姿見せるわけにはいかへんやんか！」

藤の目に生気が戻った。

同じぎらぎらと輝く赤き目でも、彼女のそれは鬼とはまるで異なる。死と恐怖を撒《ま》き散らすのが鬼であれば、藤は生きる者に勇気と希望、活力を与えてくれる、力強くて優しいものだった。

「堪忍やで兄ちゃん。かっこ悪いとこ見せてしもたわ。せやけどもう安心してえぇで？こっからは……ウチの本気を見せたるさかい！」

藤が地を蹴った。大地が爆《は》ぜるほどの脚力に驚く間もなく、雪鬼の首が勢いよく飛んだ。

「逃がさへんでぇ！」

藤が更に加速を重ねる。疾風迅雷の剣速に雪鬼達はなす術《すべ》なく、その命を少女へと差し出すばかり。その光景は、戦いという言葉で言い表わすには少々無理がある。どちらかといえば、そう。これは蹂躙《じゅうりん》だ。既に戦意を失い逃走を図ろうとする雪鬼《もの》でさえ、藤の刃がそれを許さない。

返り血をたっぷり浴びて、尚その顔に笑みを張り付かせている藤こそ、この時は鬼よりも鬼らしく悠の目には映っていた。

（強い……）

すべてが終わった後で、月並みな言葉とわかっていながらも、しかしそれ以上の言葉を悠は思いつかなかった。

驚くべきは、激しく入り乱れた戦場でただ敵手の心臓のみを一撃で穿《うが》つその技量にあろう。とん、と実に軽やかな音が鳴れば、それは死の合図。どこまでも静かに、しかして正確に藤はすべての雪鬼を穿ってみせた。

破壊力に重きを置く加州清光とは正反対の刺突《つき》の技量に、悠では真似はおろか足元にも及ぶまい。

（それだけ強いのに、どうしてお前は——）

何故実力を隠す必要があった。何故俺の前で弱いフリをしてみせた。眼帯も鉢金も鬼を隠すためのものであって、強さを隠すことに繋《つな》がっていると、悠はどうしても思えなかった。では、何故に彼女は弱いフリをしたのか。その気になれば本土で鬼と対峙《たいじ》した時でも、悠の手を借りることなく対処もできていたであろうにもかかわらず。

「藤、お前――」

たまらず、悠は尋ねようと口を開いた。どうしてあの時お前は弱いフリをしていたのか、と――そう紡がれるはずだった言葉が悠の口から出てこない。不安げな眼差しで見上げられては、悠も自らに待ったを掛けざるを得ない。藤からの言葉を待つ。

「……えっと、あんがとな兄ちゃん。その……兄ちゃんはホンマに、ウチのこと怖くないん？」

「……何を言い出すのかと思えば」

実にくだらない。呆《あき》れを含んだ溜息を本人の前で盛大にもらした。

「さっきも言っただろ？　俺はお前を怖いとは思わない。それを言い出したら小狐丸や狐《きつね》ケ崎為次《がさきためつぐ》だって狐耳と尻尾があるぞ？」

「でも、あの二人は動物やしまだええやん。ウチ鬼やで鬼……」

「鬼でもいいだろ。別に人に危害を加えているわけでもないんだ。それだってチャームポイントの一つだぞ？」

「〝ちゃーむぽいんと〟？」

「あぁ、つまり自分の魅力の一つだってことだ」

「魅力……そっか」

「……さてと、そろそろ町へと案内してくれないか？　冗談抜きでこのままだと……さすがにまずい」

「あぁ、せやったな！　よっしゃ、それじゃあ急いで町まで行くから兄ちゃんウチに掴《つか》まり！」

「……は？」

くるりと背中を向けて身を屈《かが》める藤。一瞬、ぽかんと呆気《あっけ》に取られて、悠は悟る。

（ま、まさか――）

この俺におんぶされろと言っているのか。そう尋ねるように悠が藤を見やれば、にこにこと笑みを浮かべる彼女は自らの背中をぽんぽんと叩《たた》いている。どうやら自分の考えに間違いはなかったらしく、同時に。悠は頬の筋肉をひくりとつり上がらせた。

◆　◇　◆　◇　◆

悠の中にあった神威へのイメージは、それこそごくありふれた寒村であった。それがいざ蓋を開けてみれば、頭の中にあったイメージは音を立てて崩壊する。

「これが……神威の町か！」

例えるならば、無辺の砂漠でようやく見つけたオアシス。そう形容したとしても、ここに至るまでの過酷な経緯を知っている者ならばきっと、自分と同じことを思うだろう。

藤に背負われていることすらも忘れてしまう感動が、悠の瞳をきらきらと輝かせる。

銀世界で唯一、そこは色彩で満ち溢《あふ》れていた。わいわいと賑《にぎ》わう人々の活気と、あちこちから昇る湯気が、凍て付く寒さをも吹き飛ばしてくれる。

未開の地にある神威。その正体は本土にも劣らずの温泉街だった。

「どうや兄ちゃん。ここが神威やで」

「いや、これは本当に驚いた。まさかこんなすごい場所だなんて思ってもいなかった」

得意気に語る藤に、悠は素直に称賛した。したところで、ようやく今の自分が置かれている状況を思い出し、顔がみるみる内に赤くなっていく。大の男が少女に背負われる光景ほど格好悪いものもまぁなかろう。

剣鬼のことを知る者が今の彼を見やれば、普段とのギャップに目を丸くして爆笑したこと間違いないだろうし、悠としても知人がいないことに心から安堵《あんど》した。

高天原《いせかい》では許されても、結城悠のプライドが許さない。

「も、もうそろそろ降ろしてくれ藤！　俺ならもう大丈夫だから!!」

「そっか？　ええんやで遠慮せんでも。ウチにとっちゃ役得やし……でゅへへへ」

「気持ち悪い笑い方するな！　いいから早く降ろしてくれって！」

「しゃーないなぁ」

渋々とした顔をしながらも、ようやく降りることを許可された悠は咳払いをした。周囲の視線がたとえ悠への軽蔑や嘲笑《ちょうしょう》でないにせよ、来て早々注目を浴びる結果へと繋《つな》がったことに違いはない。そんな悠の気など露知らず、背中を擦ってては女子が決して浮かべてはならないにやけ顔の藤が、やがて町の方を指差した。

「宿屋探してるんやったらえぇとこ知っとるで！　店主のメシは美味いしウチもよく食べにいくんや。あとな、ここだけの話、店主の顔めっちゃイケてるんや」

「そうか。じゃあ案内してもらってもいいか？」

「もっちろんや！　ウチに任せとき！」

上機嫌な藤に手を引かれながら、悠は町へと足を踏み入れる。より一層周囲の視線が強まったが、その矛先が藤に対する嫉妬とわかり放置しておくことにする。

さて、気を取り直して神威の町並みに目をやれば、規模だけであれば弥真白《やましろ》にも劣らない。

住民については、ここも例外なく女性がほとんどだ。

そして最大の特徴はこの極寒の地により生まれた独自の文化にある。独特な模様が入った着物を纏《まと》う彼女達を、悠が持つ知識に例えるとすれば——

（まるでアイヌ民族みたいだな……）

——独特な出《い》で立ちは、同じ高天原《たかまがはら》でありながら別世界のような錯覚を悠に与える。もっとも、悠から見れば高天原そのものが異世界なのだが。

それはさておき。

「藤。あの広場にある銅像はなんだ？」

町の中心部に設けられた広場。老若男女が各々自由にほのぼのとすごす刻の中で、ただ静かに佇《たたず》んでいる。醜悪な怪物に長剣を持った勇ましい女性が立ち向かう構図の銅像は、悠に多少なりの関心を抱かせた。

「ん？　あぁアレはこの神威に古くから伝わる伝説の剣士と怪物の銅像や」

「へぇ」

「なんでもずぅっと昔、この神威にはそりゃもう恐ろしくて残虐非道な鬼がいたらしいわ。そこである時、天空《そら》からやってきた一匹の獣が剣になり、それを手にした一人の女剣士が三日三晩の死闘を演じた末、ようやく封印したらしいで」

「へぇ。面白そうな話だな。小説を書くならいいネタになりそうだ」

「——着いたで兄ちゃん。ここがウチおすすめの旅館や！　ほなな兄ちゃん、ウチは一度帰るわ」

「そうか。ここまで案内してくれてありがとうな藤。額の傷、一応手当はしたけど帰ってからもちゃんと看てもらえよ？」

「わかってるって――はっ！　このやり取り、なんやウチら夫婦みたいやな！」

「どっちかと言えばお転婆な娘を心配する母親って気分だけどな――じゃあな。しばらくは滞在するつもりだから、その時はよろしく頼む」

「ほなな！」

ぱたぱたと走り去っていった藤の背中を見えなくなるまで見送って、悠は〝葉瑚堅館《はこだてかん》〟へと足を踏み入れる。

藤の言った通り、男性である悠から見ても恐らく彼はイケメンの部類に含まれよう。対する店主からは久しぶりの男性の宿泊者として、悠は丁寧な接客ともてなしを受けることとなる。

「生き返った……」

豪華な料理と温泉街だけあって広々とした露天風呂に、蓄積されていた疲労はすっかりと解消されて、その安心感から今度は眠気に悠は苛《さいな》まれることとなる。長旅で疲れているのだから、悠には休むことが必要だ。

しかし、このまま眠ってしまうことを悠は良しとしない。むしろこの時こそ、動くに適しているのだから。一秒たりとも時間を無駄にはしたくない。

「もう少しだけ、付き合ってくれよ……」

自らにそう言い聞かせて、簡単に身支度を整える。

途中、店主から慌てて引き止められたがすぐ戻ることを条件に悠は再び外へと赴いた。

日中に比べて、人の数はもう数えられる程度しかいない。

好都合……と捉えるのは、果たしてどちらにとってのものか。恐らくは、どちらとも。

悠が人目を避けたいように、敵手も同じく目撃されることは望んではおるまい。

故に、この瞬間からが本番だ。

来るならこい。俺はいつでも戦える。鍔《つば》に親指を軽く当てて、悠は目的地への偵察に乗り出す。

中心街から離れた郊外。心もとない提灯の灯りが暗闇を照らし、悠に進むべき道を示していく。木々が鬱蒼《うっそう》と生い茂る林道をひたすら進んで――見つけた。悠は提灯の火を吹き消して、その場に身を屈《かが》めた。

(見張り……正面からの突破は無理そうだな)

立派な門構えの向こう、赤々と燃ゆる松明《たいまつ》が照らすのは立派な武家屋敷である。

しばらくして、ぎぎぎ、と音を立てて門が開かれた。ぞろぞろと中から出てきた集団に、悠の顔は険しさを示す。それもそのはず。集団は一様に白いローブを着用しているのだから。

俺を探しに町へと行ったのか。だとすると葉瑚竪館の店主も裏で繋《つな》がっているのかもしれない。外出しようした悠を止めに掛かり、ではどうしてかと尋ねた際に彼は言葉を濁している。

（いや、それよりも前に――）

あの場所へと案内した者がいるではないか。

「藤……お前もグルだったのか――いや、今はそんなこと考えてる場合じゃやないな」

いずれにせよ、この事態は好都合だった。これから結城悠が宿泊する葉瑚竪館《はこだてかん》へと彼女達は足並み揃《そろ》えてこの暗闇の中を突き進もうとしている。

それならばそれで、悠は構わなかった。本拠地が手薄になってくれるのならば、これほど喜ばしいこともまぁなかろう。

白いローブの集団を見送って、悠は本拠地への侵入を開始する。

正面への侵入はどうか――却下だ。誰にも気付かれることなく、尚かつ相手を殺さないことが自分に課した条件の下で門番二人を相手にすることに、悠は有用性を見出せない。となると正面以外からの侵入がここでは得策だろう。幸いにもその手立てならある。

屋敷全体を囲む土塀に悠は目を付けた。

鍛え抜かれた脚力を以《もっ》てすれば、塀を登ることなど悠には造作もない。

「ふっ……っと」

誰にも気付かれることなく侵入して、ではまずどこから調べようか。中にはいくつか建物が建っていて、人の気配もちらほらと感じられる。

一先《ひとま》ず、一際大きな建物から悠は調べることにした。数多《あまた》のゲームやアニメを材料に、大将《ボス》は大きくて立派な建物に座しているものと彼の考察から導き出されたためである。

悠は己が考察に従って建物へと忍び寄った。

襖《ふすま》の前まで差し掛かった――その時。

「そのまま入ってくれて構わぬぞ。貴公がここに来ることは最初からお見通しだ」

襖に掛けようとした手を、悠はぴたりと止める。

何故、と。背中につっと冷たいものを伝わせて、悠はぎりっと襖……その奥にいる元凶を睨《にら》んだ。だからといって相手からの反応《アクション》は特に見られず、こんな風に突っ立ったままいたずらに時をすごすのも良策とは思えないので、悠は仕方なく声の主に従うことを選んだ。

すうっと襖を開く。十畳以上はあろう、広々と設けられた和室の中央で彼女は座していた。

「虎徹さん……」

新撰組局長、長曽祢《ながそね》虎徹《こてつ》がふっと笑って悠を出迎える。出迎えられた方としては、どうして音も気配も殺していたのに察知されたのか。悠はそこが一番知りたかった。

「まずは神威へ、そして新撰組屯所への来訪、心から歓迎するぞ悠」

「……どうして俺がいるってわかったんですか？」

「ふむ、強いて言うならば匂いだな」

「におい？」

「うむ。某《それがし》は鼻がよく利く方でな。神威とは異なる匂いがあればすぐにわかる。そして一度嗅いだ匂いを某は絶対に忘れはせん。特に是が非でもほしいと思った男の匂いならば尚更、だ」

「匂いで察知されるとは思ってもいませんでしたよ……」

まるで猟犬、いやそれ以上の何かだ。偵察は失敗に終わり、さてこれからどうする。長曽祢虎徹を見据えたまま、悠は沈思する。こうしている間にも、白いローブの集団は悠が葉瑚竪館《はこだてかん》にいないとわかって引き返してきているかもしれない。

そうなれば袋の鼠《ねずみ》。単身で挑む悠が大人数を相手に生き残れる確率は、わざわざ計算する必要もなかろう。自嘲気味に小さく笑って、そんな悠に長曽祢虎徹がさもわからんと言いたげな口調で尋ねた。

「して、こんな夜更けにどうしたのだ。まさか、夜這《よば》いを仕掛けにきてくれたか？　だとするといつでも某は構わぬぞ。さっき丁度湯浴みをしてきたところだからな。全身ほれ、この通りきれいだぞ」

「いちいち脱がなくていいですから!!」

「はっはっは。たかが女の乳房を見たぐらいで恥らうとは、貴公は見た目とは裏腹にとても初心《うぶ》なのだな！　それはそれで、まぁ、その……喰《く》い応えがあるというものだが」

「いいから早く服を調えてください！　まったく……話を戻しますけど、わかりきっていることを聞くんですね。ならば改めて、あなたに単刀直入にお伺いします――どうして俺を狙ったのか、その理由を教えてもらえますか？」

襲撃者の正体が新撰組だと気付いたのは、彼女らと刃を交えたあの時からだった。

天然理心流《てんねんりしんりゅう》――近藤内蔵之助《こんどうくらのすけ》を開祖とし、のちに四代目であり新撰組局長であった近藤《こんどう》勇《いさみ》によって知名度はぐんと跳ね上がった。

天然理心流が最強たる由縁は死番制による集団戦法と必殺剣にある。三人から四人でローテーションを組み、内一人が当番制で先頭に立つ……即ち死番を務める。ここから繰り出される臨機応変の集団戦法こそ、彼らが強者として維新志士に恐怖を植え付けた。

実際に天然理心流の使い手と、悠は太刀打ち合った経験を持たない。文献による知識だけはあり、後は時代劇でしか彼らの剣に触れたことがない。しかし、今回はその知識が予めあったからこそ、先日の襲撃者の正体が新撰組だという真実に悠は辿《たど》り着いた。

九人がかりによる絶え間ない連続剣は草攻剣《そうこうけん》と呼ばれる、天然理心流の立派な技の一つである。

だから敵手の正体が新撰組であることに、悠には確信があった。

「うむ、まさにその通りだ。よく某《それがし》らだと気付いたな」

真実を突き付けられても、悪びれる様子も誤魔化すこともなく、あっさりと本人の口より肯定されて、悠は即座に大刀に手を掛けた。一方で、長曽祢虎徹は姿勢を崩さぬまま、ただ静かに悠を見つめている。その眼差しは力強くも、優しい温もりが心に伝わってくる。

「落ち着け悠。某は貴公と事を構えるつもりは毛頭ない。それに貴公は何故某らが襲ったのか知るためにここまで来たのだろう？　であれば今は某の話を聞いてはくれないか？」

「………………」

剣鬼の眼は嘘偽りを見抜く。たとえ嘘偽りを隠し通そうとも、悠の目に見据えられた相手は気圧されて真実を語らざるを得なくなる。

さて、悠の瞳に映る長曽祢虎徹は――水晶のように澄んでいる。

身構えていたのが馬鹿馬鹿しくなるぐらい、長曽祢虎徹から闘気がまるで感じられない。

己が犯した罪を彼女は認めている。これから自分が与えようとする罰を甘んじて受け入れようとすら感じさせる佇《たたず》まいを見せられては、悠も太刀に掛けた手を引っ込めざるを得ない。

今の長曽祢虎徹は完全に無抵抗だ。戦意なき相手を斬ることは結城悠の信条にも反する。

ならばここは一つ、言葉を交わしてからでも悪くはあるまい。

「……どうして俺を襲ったのか、詳しくお話してもらいますよ、長曽祢虎徹さん」

その場で座す。悠は事情聴取する相手より与えられた第三の選択肢を取った。

「……貴公を襲ったのは申し訳なかったと思っている。だがあの時も言ったように、某は簡単に諦めたりはせん。某は貴公に惚れたのだ……貴公が持つ他の男にはない魅力と剣の腕前にな」

「それで断ったあの日、誘拐しようと企んだ……と？」

「最初は勧誘をした、があっさりとこれは貴公に断られてしまったな。そして続いての策は貴公を拉致する……もとい任意同行してもらうのが目的だったのだが、貴公があまりにも強くてな。貴公には驚かされてばかりだ。まさか和泉とあれほど打ち合える男がいたとはなぁ。いや某も手合わせしたくて仕方なかったぞ！」

愉快そうに語る長曽祢虎徹。どうやら戦闘好きな性格らしい。男が相手でも強ければ対等に戦う姿勢は、男女の価値観が逆転した世界において悠に好印象を与えた。

男女差別はよくない。しかし女子が一方的に痛めつけられる姿を見てぞくぞくするような性癖は生憎《あいにく》と持ち合わせていない。俺はサドじゃない、と一人内心で断言した。

　長曽祢虎徹が小首をひねり、悠はこほんと咳払いを一つ。本題へと軌道を修正する。

「そ、それじゃあ結論を出すと虎徹さんは俺を新撰組に勧誘するために襲ったんですね？」

「そうだ。そこに嘘偽りはない。しかし貴公が新撰組に入隊してもらうための交渉材料を用意してのことだ。だからあの手紙をこっそりと忍ばせている」

「交渉……材料？」

「……丸助、入ってくれ」

　すぅっと襖《ふすま》が開いた。

　ダンダラ模様の羽織を纏《まと》う隊士が入ってくる。それは悠がよく知った顔だった。

　何故、お前がここにいる。何故、お前が新撰組の羽織を纏っている。悠がそれがわからない。驚愕《きょうがく》の感情《いろ》を顔に濃く浮かべる悠とは対極に、件《くだん》の少女は照れ臭そうだ。たまらず、悠は少女の名を口にする。

「藤……!?」

「え……えへへ、こんばんは兄ちゃん」

「藤というのは隠密行動時の偽名だ。本名は鬼神丸国重《きじんまるくにしげ》、我が新撰組三番隊隊長を務める御剣姫守《みつるぎのかみ》だ」

「鬼神丸国重……ってあの!?」

「そして……貴公も入ってきてくれていいぞ」

見知らぬ顔がおずおずと入ってくる。黒のセーラー服の上に重ねられた羽織は、さてどの剣豪が所有していた名刀であることやら。そんな思考は彼女の群青色《ぐんじょういろ》の長髪の前には無益であったと、彼は思い知らされる。

(まるで宝石が散りばめられているみたいにきれいだ……)

美しかったから目を奪われた。そこに嘘偽りはない。彼女は美しい。ただ単純な美しさだけに、悠を驚愕させるまでには至らない。美しいだけを基準にするのであれば、この高《たか》天原《まがはら》に住まう女性全員に等しく言えることなのだから。

それはさておき。

(この感じ……なんだ。どこか、懐かしい?)

確固たる証拠はない。強いて挙げるのなら、それは直感という曖昧《あいまい》な理由《もの》でしかなく。されど確かに、彼女は俺と同じ雰囲気《におい》がする。悠にはそんな確信があった。

「えっと……彼女は?」

「一ヶ月前に入隊した新入りだ。そして彼女こそ貴公との交渉に用いる材料だ」

「……申し訳ありませんが、面識がない相手を交渉の場に出されても俺の考えは変わりませんよ?」

「まぁ貴公からすればそうだろう。だが、果たしてそうかな？」

「……どういう意味ですか？」

「聞けば貴公、この世界とは違う人間であるらしいな。最初は某《それがし》もそんな話は信じていなかった。しかしあの加州の入れ込みようと、この新入りからの話を聞けば、嫌でも信じざるを得まい——さて、貴公はかつていた世界で自分の愛刀を持っていたそうだな」

「……ええ、それが？」

「であれば、己が愛刀を忘れることは剣士としてあるまじき行いだぞ。まぁ無理もない話ではあるがな」

「何を言って……まさか」

「そう、この新入りこそ貴公がかつて共に歩んできた愛刀……千年守鈴姫《ちとせのかみすずひめ》だ」

「え、えっと……久しぶり。それともはじめまして……かな、主《あるじ》」

「……ッ」

　長曽祢虎徹に続けて少女——結城悠の失われた半身がどこかぎこちないながらも、嬉しそうな笑みを浮かべた。

第六章　新撰組

千年守……この号《なまえ》に千年守鈴姫は誇りを持っている。幼き剣士《しょうねん》が抱く、その小さな身体には収まりきらないほどのとても大きな信念。

千年が経《た》とうとも大切な人をずっと守っていけますように――それが彼の願いであるのならば、その号を与えられた日本刀《おのれ》は仕手に従うまで。

千年先もこの小さく心優しい仕手《パートナー》と共に歩もう。そして目の前に立ちはだかるあらゆる障害を斬り裂こう。それがボク……千年守鈴姫の存在意義なのだから。

そんな刀の想い《しょうじょ》は、仕手《かれ》の死によって喪失することとなる。

御剣姫守《みつるぎのかみ》――刀でありながら人間として生を受けたという自覚が欠落しているのは、人間でも同じく。母胎の中にいた頃の記憶が鮮明に残っているものなどいないように、彼女もまた例外ではない。

いずれにしても、仕手を失ったことで千年守鈴姫が御剣姫守としての生を受けたのは事実であって……幾重と遭遇する異世界《にんげん》ならではの洗礼に、彼女の顔から驚愕《きょうがく》の感情《いろ》がようやく消えたのは三日後であった。

そんな行く当てもなかった少女を受け入れてくれたのは、その場に居合わせた一人の少女。その少女こそがのちに、千年守鈴姫が世話になる新撰組の局長にして、かの有名な長曽祢虎徹である。

名立たる刀が人間としていること、その相手に拾われることに戸惑いを隠せずとも、千年守鈴姫には彼女に対する疑心はなかった。初対面の相手にそう気を許すことをどうなのか、と呆《あき》れられるやしれなかったのに、彼女が信じた理由はたった一つのみ。ただ、自分の仕手《あるじ》が憧れている刀だから。だから彼女を信じることにした。

それからというものの、とんとんと話は進み、新撰組隊士として誠の一文字を背負ってこの世界で生きることを決意した――だが、それでも千年守鈴姫の脳裏には決まって、いつも思うことがある。

「この世界は狂ってますね」

「いきなりどうした？」

「いえいえ、ただ思ったことを素直に言っただけですので気にしないでください」

この世界は狂っている。その世界で今生の別れをしたとばかりに思っていた仕手《あるじ》が生きていると知ったのは、入隊してから五日後のことであった。

◆　◇　◆　◇　◆

悠にとっての睡眠とは、決して心休まるものではなかった。

女だらけの職場なのだから、夜這《よば》いを仕掛けられるのは避けては通れぬ道であることは悠も重々理解している。してはいるものの、毎晩のように手を替え品を替えて挑んでこられれば、いつ悠はゆっくりと安心して眠れるのか。

そんな日はこない。悠が女にでもならぬ限り、彼女達からの熱烈すぎる性的アプローチから逃れることは無理だ。仮に、どこか借家を借りて通勤するのはどうか――それも不可能。逆により一層悠には性的な危機が及ぶ。

支部に身を置くことで、少なくとも小狐丸達が部外者の排除に当たってくれる。

結局のところ、悠に安眠できる環境など最初からどこにも用意されていなくて――それ故に、はて。こうしてぐっすりと眠れたのはいつ以来だったか。悠はのそっと布団から上半身を起こした。

新撰組屯所内にある宿舎が、当分の間は悠の活動拠点となる。夜襲を仕掛けたことへのお詫《わ》びとして、長曽祢虎徹より無料で与えられた一室は至ってシンプルなものだ。そもそもが宿泊施設ではないので他の隊士達と同様の造りであることは、まぁ仕方なかろうし、悠もそれ以上のことを望みはしない。

雨風凌ぎ、安心して眠れる場所であれば、どこだって構わない性分の悠から見れば、ここも旅館に劣っていない。特に神威の寒さに悩まされずに済むことが大きい。

さて、と。隣ですぅすぅと心地良い寝息を立てている者に悠は目をやった。

（まさか、こんな奇蹟が起きるなんてな……）

ある日、俺の愛刀が御剣姫守《にんげんしゅ》になっていた。誇張でも妄想でもなく、悠自身でさえ幻想に囚われているのではないか、と未《いま》だに己を疑ってしまうぐらいに。けれど、結城悠のかつての愛刀――千年守鈴姫はここにいる。

何の因果か。次元を超えただけでなく、御剣姫守《にんげんしゅ》として生を謳歌《おうか》する彼女の姿には、さしもの剣鬼も驚かざるを得ない。

「う……ん……」

「千年守……」

運命的な再会を果たして、悠は罪悪感に苛《さいな》まれていた。守ると誓った最愛の妹を、その次に仕手《はるか》を、彼女に斬らせている。そして一方的に破棄した、見捨てたも同然の扱いをされて千年守鈴姫が怒らないはずがないと、悠は本気で恐れていた。だが、もし怨恨があるのなら、それを断ち切るは仕手の役目。既に向こうが結城悠の刀と思ってなくとも、悠にとっては長年付き添ってくれた愛刀《あいぼう》であることに変わりない。

恨みあれば遠慮なく、結城悠にぶつけてくれればいい。すべてを受け止める気持ちで悠は千年守鈴姫と向かい合い――彼女の口から放たれた言葉に、悠は気力を大きく削がれることとなる。

――〝ずっと、ずっと逢いたかった……御剣姫守《にんげんじゅ》になれて本当によかった〟

澄んだ瞳を涙で潤ませる愛刀に悠は思わず問い質す。どうして、と。何故お前は俺を恨んでいない。恨まれているとばかり思っていた。斬られたとしても、その結果を甘んじて受け入れるつもりでもいた。それなのに千年守鈴姫は、結城悠をまったく恨んでいない。

（本当にお前は……――）

――よく剣鬼からこんなにも心優しい少女が生まれたものだ。悠は改めて己の愛刀を見つめる。

まだ起きる様子のない我が愛刀に、悠はそっと頬を指で突いた。逃れるように身じろぎする姿に愛くるしさを憶えて、悠は群青色《ぐんじょういろ》の髪をそっと撫《な》でた。滑らかな髪が絡むことなく指の間をするりと抜けていく感触がくすぐったい。

そうこう遊んでいると――閉じられていた愛刀の目が、ゆっくりと開かれた。まだまどろみの中に漂っていよう、ぼんやりとした目と合った。次に、ぱぁっと見開かれる彼女の瞳に輝きが一瞬にして戻った。どうやら完全に覚醒したらしい。

「おはよう主《あるじ》！」

「……おはよう千年守。さっそく聞くが、どうして俺の布団に入ってるんだ？　自分の布団があるだろうに」

「えっ？　だってボクは主の愛刀なんだよ？　だったら傍にいるのは当然でしょ？」

「いや、そうかもしれないけどだな。その、今のお前は……女の子だろ。だからこう……」

「昔だったらボクを抱き締めながら眠ってたじゃない。それにボクだって、主といっしょに眠れなくて本当に寂しかったんだから……」

「……それを言われると、反論できないな」

　初めて千年守鈴姫と出会ってから、悠は一度としてぞんざいに扱ったことはない。

　これはもう結城悠の半身だ。己の肉体なのだから、誰がぞんざいに扱えよう。衣食住を共にし、抱き締めて床を一緒にすることでいつも心地良い眠りに就くことができた。時には風呂……は刀身が錆《さ》び付くだろうから脱衣所で待機させていたが。そんな悠は第三者の目にはさぞ滑稽に映ったことだろうし、父親はどうかはさておき、母親と最愛の妹には将来の行く末に多大な不安を抱かせたことだろう。それぐらい、結城悠は鳴守の剣士云々《うんぬん》以前に、人としてどこかズレていたから。

　とはいえ、悠の心中にそれを慮《おもんぱか》る気持ちは一切ない。

要するに、大切なのは自分の気持ちだ。他者にどう思われていようと、自分が良かれと思ったのならそれを愚直なまでに貫き通せばいい。幼い頃からこの信条を曲げることなく、可能な限り千年守鈴姫との時間を悠は作った。

故に現在《いま》、こうして千年守鈴姫と一緒に眠れることは素直に喜ばしい。ただ見た目が如《い》何《かん》せん美少女のために、少しでも意識すると気恥ずかしさが込み上げてくる。

では次からはどうすればいい。今度から寝る時は別々だと言い聞かせることが正解だ、とは悠は思わない。

寂しかったという愛刀の気持ちは紛れもなく本物で、仕手である悠はそれに応える義務がある。この議論についてはのちに当人と話し合って決めるとして、さて。

「とりあえず起きるぞ」

「はーい。あっ、ボクが着替えている時ちゃんと後ろ向いていてね」

「え？」

「え、じゃないよ。いくらボクの主だからって、その……裸を見られるのは恥ずかしいんだから」

一瞬の沈黙があって、あぁ、と悠は納得すると同時に慌てて千年守鈴姫に背を向ける。

それは悠にとっては久しく忘れていた感覚で、彼女の反応こそ悠が今まで望んでいた本来の女性の在り方なのである。人間の適応能力は、よくも悪くも高くて優秀だ。今回に限っては後者で、完全でないにせよすっかり馴染《なじ》んでしまっていた己の価値観には、悠も恐怖に似た感覚を憶えた。

「わ、悪い……！」

「い、いいよ別に。だってこの世界だもん。そりゃ戸惑っちゃうよね——元の感覚を忘れてしまうほど、主《あるじ》はこの世界と関わってきたんだね」

「千年守？」

「……ううん、なんでもない。それよりも主。ボクのことを千年守って呼ぶのやめてくれない？」

「どうしてだ？　今までだってそう言ってきただろ？」

「それはそうだけど……。でも改めて聞いたら全然かわいくないんだもん。それになんだか堅苦しい感じがするし……他人行儀みたいでやだ」

「そう言われてもなぁ……。じゃあなんて呼べばいいんだ？」

千年守鈴姫の由来は、千年先であろうとも大切な存在《もの》を守り通せるように、と。悠の誓いが銘として具象化している。だから悠は号——逸話や伝説、現代において高い知名度を誇る所有者の名前などから連想された、いわばニックネームである——である千年守を好んで口にしていた。

漢字の読み方も相まって、我ながらなかなかのネーミングセンスであると悠は信じて疑っていない。それを本人から正式に拒否されたとなれば、これはこれで新たに考え直す必要がある。

あるのだが、さて。今更ながら俺は千年守《こぃっ》のことをなんて呼べばいい。慣れ親しんだ呼び名を変えることには若干の抵抗もあった。しかし他ならぬ千年守鈴姫からのお願いであるから、悠もそれを無碍《むげ》にはしたくない。

しばらくの間、うんうんと唸《うな》って——そんな悠を見かねたのだろう。当事者から提案を進言されることとなった。

「それなら鈴姫、はちょっとあのオバサン呼んでるみたいで嫌だから……——じゃあ鈴！　ボクのことはこれから鈴って呼んでよ主！　そっちの方が女の子っぽくてかわいいでしょ？」

「鈴……か。まぁ確かにこっちの方が女の子って感じはするな」

「それじゃあ決まりだね。じゃあ早速ボクの名前言ってみて！　ほら早く」

「わかったからそう焦らすな千年——じゃなくて鈴……あ」

「え」

弁解するならば、悠にその気は一切なかった。言ってしまえば、これは悠の無意識が生んだ不可抗力である。

振り返り、赤面した千年守鈴姫と目が合った。既に彼女の寝間着は丁寧に畳まれていて、では今はどんな格好をしているのかというと、サラシを胸に巻こうとしている最中であった。つまり、白くて健康的な乙女の柔肌がこれでもかと悠の前に晒《さら》されていて、それを見てしまったものだから千年守鈴姫はぷるぷると身体を小刻みに打ち震わせている。

俺は何をやっているんだ。ついさっき見るなと言われたばかりなのに。自らを酷《ひど》く叱責する一方で、悠は即座に行動へ移した。

稲妻さながらの速さで悠が取ったのは、相手に誠意を示すのに最大の効力を発揮する行為――俗に言う、土下座である。畳に額を叩《たた》きつける勢いで、心からの謝罪の言葉を悠は述べる。

「わ、悪かった鈴！　その、わざとじゃないから！　それに一瞬しか見てないから、全然大丈夫だから！」

「わ、わかったから早くあっち向いてよ悠！」

「あ、あぁ！」

「……もう」

沈黙が流れる。布が擦れる音が聞こえる中、悠もまた身支度を整える。

（やってしまったな……でも――）

すごくきれいだった。日本刀特有の美しさをまるで体現しているような我が愛刀の裸体に、悠は本気で見惚《みと》れていた。こちらの世界に来てからというもの、性的アピールを白昼堂々とされるものだから、中には見てしまった者も少なからずいる。

それについて責められたことはなく、代わりに迫られて逃げるのが悠と御剣姫守《みつるぎのかみ》との間で行われる日常でもあった。

そうして目にしてきた者達を差し置く美しさには、思わずもう一度見たいという願望を悠の心中に生じさせ――いやいや、何を考えているんだ俺は、と振り返りそうになった自らの頬を殴ることで邪念を振り払う。これではまるで変態の思考と同じではないか。

（でも……きれいだったな）

思い出せば、顔に熱が帯びるのを嫌でも感じさせられる。それに連動するようにばくばくと脈打つ心臓の音が千年守鈴姫に聞こえやしないだろうか、と不安すら抱いている今の有り様を、後ろの少女に知られるわけにはいかない。

（やばいな……顔がめちゃくちゃ熱い――）

このままでは直視することもままならぬ。頬を叩き、顔をぶんぶんと振るい、とにかく邪念を振り払わんとする背後から――

「き、着替え終わったよ主《あるじ》……」

――蚊の鳴くような声に、悠はおずおずと振り返る。

そこにはもう半裸ではない自分の愛刀の姿があった。新撰組を象徴する羽織こそ纏《まと》っていないものの、昨晩に見た格好と同じことに安心して、悠は再度頭を深く下げる。

「本当に悪かった。許してくれとしか言いようがないけど……」

「い、いいよ全然。ボクは気にしてないから。ちょっと、恥ずかしかったけど……」

「悪いのは俺だ。俺がもう少し気を配ってたらこんなことにはならなかっただろうし……」

「だ、大丈夫だってば。そ、それにボクは主《あるじ》の刀だし、その……見られてもいいかなって」

「ち、千年守？」

「……鈴って言ったよね？」

「あ、あぁ。悪い……鈴」

「ん、許す」

未《いま》だ顔をりんごのように赤らめたまま、しかしにっこりと笑みを浮かべる千年守鈴姫に悠も釣られて小さく笑う。

本人の口から許しも得たところで、さて。悠は襖《ふすま》へと向かう。

このままここで愛刀との時間をすごすのも一興だ。離れ離れになってからかなりの時が流れた。それを数時間足らずで埋められるほど、両者の関係は浅いものではない。

鈴がどうかはともかくとして、俺にはまだまだ話したいことがたくさんある。だが、悠のそんな願いは休暇という現実《タイムリミット》が無情にも剥奪していく。

時間は有限にして無限にあらず。悠に残された休暇《じかん》はもう三日間しか残されていない。移動時間などを考慮して、明後日までに本土へと戻らねば〝はるかにうむ〟なる謎養分——狐ヶ崎為次命名、抱きついたりすることで補給《チャージ》される、らしい——が枯渇しているに違いない小狐丸らから、どんな目にあわされるかわかったものではない。

（早く帰ってやらないとな……けど——）

目的だけで言えば、悠は無事に完遂している。ならば後は本土へと帰還して、千年守鈴姫も連れ帰って小狐丸らに紹介する——とはいかなかった。ここに来て新たな問題が浮上する。これを解決せぬ限り、神威はもちろんのこと新撰組屯所から出ることすら叶わぬ状況に悠は陥っていた。今度はそれを取り払うことが、悠がなさねばならぬことである。

その手始めとして、元凶に立ち向かうべく襖を開けようと手を伸ばす。

「おはよう悠に千年守！　昨晩はよく眠れたか⁉」

大変元気な朝の挨拶に混じる、聞くも無残な効果音——すぱん、ではなくばきゃり、は開閉音ではない——と、目の前でからからと笑っている御剣姫守《しょうじょ》に悠は頬をひくりとつり上がらせる。横にスライドさせる——たったこれだけの動作に込めてもよい力加減でないことは、粉砕された襖の残骸を見やれば一目瞭然だ。

そして襖という外を分け隔てる境界線が失われたことによって、この室内には外気が遠慮なしに入り込んでくる。びゅうびゅうと吹く凍風が一瞬にして室温を奪っていくだけでなく、先程まであった気恥ずかしさやらも悠から掻《か》っ攫《さら》っていった。

器物破損を堂々と犯したというのに、肝心な少女といえばまるで反省の色が見られない。挙句の果てには、またやってしまったかと口にして笑い出す始末に悠も呆《あき》れるしかなかった。

今の言葉から考察すれば、どうやら新撰組ではしょっちゅう物損事故を起こしていると捉えられる。つまり、処理に負われる隊士達の苦労はきっと計り知れないものと悠は見た。

（ある意味、新撰組はブラックなのかもしれない……主にこの御剣姫守《ひと》のせいで。それよりも――）

派手なくしゃみと身震いをし始めた少女に気付き我に返った悠はようやく、朝の挨拶を交わした。

「お、おはようございます虎徹さん……。あの、せめてノックとか一声掛けて開けてもらえませんかね？」

「はっはっは！　すまんすまん！」

「……まぁいいです。俺も虎徹さんに用がありましたから」

「某《それがし》もだ。悠よ、聞けば貴公は料理が上手いそうだな」

「え？　ま、まぁ……一応人並みにはできる方だとは思いますけど」

「……頼む。千年守と一緒に食事の準備をしてもらえないだろうか？」

長曽祢虎徹の腹部からぐぅぐぅと、なんとも情けない音が鳴った。先程までの元気はどこへやら。ほんのりと頬を紅潮させつつげんなりとした顔からは、もはや新撰組局長としての威厳は皆無であり、気が付けば少女の後ろからぞろぞろと他の隊士達も集まってくる。

瞬く間に客室は空腹虫《はらぺこ》達のオーケストラ会場へと早変わりして、その演奏を聴かされている悠は頭を抱えた。

（俺が知ってる新撰組じゃない……）

悠の中にある新撰組とは、最強の剣客集団にして規律を重んじる組織であった。そのイメージを、飯を作れ、ヤらせろと姦《かしま》しい彼女達に重ねようとも、悠にはどうしてもできない。

自身の中にあった新撰組のイメージががらがらと崩壊していく音を耳にしつつ、俺のイメージを返せとばかりに悠は盛大に溜息をもらした。

「溜息ばかりついていると幸福が逃げるぞ悠よ。貴公はまだ若いのに、そんなのでどうする」

「誰のせいだと思ってるんですか誰の……」

「ま、まぁまぁ。とにかく朝御飯の用意をしますね――主《あるじ》も手伝ってくれる？」

「……仕方ない」

形がどうであれ、長曽祢虎徹の計らいにより無料で宿を提供してもらい、千年守鈴姫と二人きりですごせる時間を作ってくれたのも彼女あってのもの。それなりの恩を返すのが筋だろうし、だが待て。悠はふっと浮かんだ疑問を千年守鈴姫へと投げ付ける。

「お前……料理できたのか？」

「うん。その……料理なんか一度も作ったことがなかったけど、ちゃんと作れるんだ。多分だけど、主《あるじ》と一緒に生活してたから……かな？　主ほどじゃないかもだけど、とりあえず心配しないでよ――じゃなかったら、今こうしてボクの胃は健全でいられないよ……」

「あっ……。それじゃあよろしく頼むぞ、鈴――それと、同情する」

「わかってくれた？」

力なく笑った千年守鈴姫を見やり、悠はすべてを察した。どこの女性も料理は苦手であるらしい。唯一料理ができる千年守鈴姫は新撰組にとっても貴重な人材――主に炊事係として手放したくないのも、まぁ頷《うなず》ける。誰だってどうせなら美味い料理の方が断然いいに決まっているのだから。

「それじゃあ早く作るか。この人数分、一人じゃ大変だっただろ？」

「すっかり慣れちゃったけどね」

一応休暇という形なのだが、千年守鈴姫一人が担うには、この負担はあまりにも大きすぎる。自分と再会するまで苦労していたであろうから、今は仕手として少しでも軽減させてやりたい。

「何を作るかだな。とりあえず材料をチェックしてから考えるか」

「そうだね」

悠は思索に沈みつつ、待っていましたとはしゃぐ隊士ら、結婚してくれと場も弁《わきま》えず迫ってくる副長、突然鼻血を出して卒倒した一番隊隊長らすべてを置き去りにして、台所へと向かった。

◆◇◆◇◆

場所は隊長室。つまりは局長たる長曽祢虎徹の仕事部屋にして彼女の趣味嗜好《プライベート》がぎっちりと詰まった空間である。巻物や書物が棚にきっちりと納められている、かと思いきや。よくよく見やればすべてが官能小説と仕事との関連性が皆無なものばかりに、長曽祢虎徹に向けられる悠の視線はどんどん冷ややかなものへと変質していく。

これがあの近藤勇の名刀か。そう思う度に崩壊した新撰組のイメージが風化していくのを切に感じながら、さて。気を取り直したところで悠は本題を切り出す。

「――千年守鈴姫を返してもらいたい、か。貴公の言い分はわかる。だが千年守はもう某《それがし》ら新撰組の一員だ。新撰組に入隊した以上、局中法度は絶対であり、彼奴《きゃつ》もそれを承知で入隊している。それを許してしまえば、他の者に示しがつかん」

「虎徹さんの言い分はもちろんわかっているつもりです。ですからこちらも、何の対価もなしに鈴……千年守鈴姫の脱退を許せとは言いません」

「ほぉ、では貴公はどんな対価を某に提示するつもりだ？」

「……俺と一対一で試合をしてください。もし俺が勝てば鈴を無償で返してもらいます」

「……もし逆に俺が負けた場合はどうする？」

「……もし逆に俺が負けた場合。その時は――」

「局長大変や！　北の漁場に鬼が出たっちゅー知らせが入ったで！」

どたどたと慌ただしい乱入者が悠の言葉を遮った。何事か、と振り返れば息を切らした鬼神丸国重がいる。先の言葉が真であれば確かに一大事で、神威の管轄者たる新撰組が解決せねばならない事案に長曽祢虎徹の顔にも真剣みが帯びる。

「今動けるのは？」

「ウチの三番隊と五番隊や」

「なら丸助、貴公の隊で対処にあたってくれ。五番隊には周辺への警邏《けいら》にあてさせる」

「了解や。そんじゃちょっくら行ってくるわ！」

嵐のように去っていった鬼神丸国重を見送り、改めて悠はさっきの続きを言おうとして

――その口はまたも閉ざされることとなる。ぴんと伸ばされた長曽根虎徹の手が、少し待ったと告げていた。

「貴公が言わんとしていることはわかった。だがそれは時期尚早というものではないか？」

「え？」

「貴公はどのぐらいまで神威に滞在するつもりだ？」

「……明後日には本土へと戻る予定です」

「そうか。では明日まで、新撰組として働いてみる気はないか？　働くといっても正式な隊士ではないから、いわば体験入隊というやつだ」

「……どういうつもりですか？」

悠は長曽祢虎徹の真意がわからない。最終的にはたった一人の少女を巡って敵対するのは目に見えていように。よもや懐柔しようという算段か。それも彼女の性格からすると考え難いが。

あれこれ思考を働かせている悠に、長曽祢虎徹が笑いながら口を開いた。

「はっはっは！　そう難しく考える必要はない。確かにこのままいけば貴公の言う通り、某と貴公は刃を交える形となろう。某としては別段そうなっても構わんのだが、貴公には自らの意思で入隊してほしいというのが本音だ」

「つまり？」

「新撰組隊士として働いてもらう中で、桜華衆《おうかしゅう》よりも優れているところを知ってもらう。他と比べることで今後どちらが自身に有益となるか、貴公の判断を以《もっ》て決めてもらいたいのだ」

そう言われて、なるほど、と悠は納得した。

新撰組の強さは、普段の様子は一先《ひとま》ず隅に追いやるとして——本物だ。その強さの秘訣が人間たる自分にも適用できるのなら、少しでも触れていくことは損ではない。たった二日で考え方が変わるはずもないのだが、仕合をすることを踏まえて情報収集という意味合いで身を置くことも悪くはない。

そう考えてるとは知らぬであろう、長曽祢虎徹の目は自信に満ち溢《あふ》れている。

（……どうしてそんな目ができるんだこの人は⁉）

よもや本当に考え方が変わると思っているのか。悠は怪訝《けげん》な眼差しで長曽祢虎徹の瞳を見返した。どれだけ思おうと考えは変わらない。桜華衆こそ結城悠が身を置くに相応《ふさわ》しい場所だと、誰よりも理解しているのは俺なのだから。悠は己にそう言い聞かせるように、もう一度長曽祢虎徹の目を見つめて、答える。

「何事も強くなる縁と思うこと……体験入隊、是非ともよろしくお願いします。ですが最初に言っておきます——俺は桜華衆を辞めるつもりは少しも考えてはおりませんので」

悠の脳裏には千年守鈴姫があった。御剣姫守《にんげん》となったことでどこまで強くなったのか、刃戯《じんぎ》は会得しているのか。まだまだ悠が知らない情報はある。仕手として、愛刀の状態を把握しておくのも大事な務めだ。

今の千年守鈴姫はただの刀にあらず。結城悠が守るべきものであり――それ故に仕手以上に強くなられては、悠としても面目が立たないので避けたくはあった。彼女にまで守られるようでは剣鬼も形無しだ。惨《みじ》めにもほどがある。

「……よい目だな。見れば見るほど貴公に惹かれる某《それがし》がいる。だからこそ、余計に貴公がほしくなった。是が非でも考え方を変えさせてみせよう」

「ええ、是非やってみてください。何があろうと俺の意思は曲がりませんから」

「ふっ……面白い男だな貴公は――ならば早速、貴公にはこれを着用してもらうとしよう」

長曽祢虎徹の懐から取り出された物に、悠は目を丸くする。

彼女の右手にあるのはダンダラ模様の羽織。体験入隊とは言えども新撰組隊士となるのだから、制服に着替えるのは必然で悠もそのことに異を唱えるつもりは毛頭ない。

ないのだが、何故そんな場所に入れていた。悠の思考は瞬く間にそのことへの疑問で埋め尽くされる。一見しただけでは、とても懐に隠しておけるようには見えない。

（猫型ロボットの……いや、そんな訳ないか）

四次元空間的機能があると立てた自らの仮説を、悠は自嘲気味に鼻で一笑に付した。いずれにせよ、何故そんな場所に隠していたのかを悠は聞く必要がある。

「あの、なんでそんな場所に……？」

「新撰組はいつでも入隊歓迎だ。その場で入隊したいと申し出があればすぐにでも隊士になれるよう、いつもこうして肌身離さず持っている」

「……ええ」

ゲームのイベントじゃあるまいし。渡されるがまま受け取った羽織は人肌に温められ、甘い香りが鼻腔をくすぐる。このシチュエーションを喜ぶ人間は、自身を含めて悠の周囲には一人としていなかった。高天原《たかまがはら》であれば尚のこと。どれだけ相手がかわいかろうと、人肌で直に温められたものを着用するなどという性癖は悠の許容範囲外だ。

しかし、これを着ろと言われた以上悠に与えられた選択肢は着る以外になく。ニヤついた顔の長曽祢虎徹を前に、悠は渋々と羽織に袖を通した。

（これで俺も新撰組……なんて）

鏡に映る自分の姿を見やる。孫にも衣装、とはこのことだろうか。最強の二文字を背負うだけの風格があるとはとても思えない。せいぜいがコスプレどまりで、それならば似合ってなくもないと悠は自画自賛する。

夢だけならば、意外な形であることは否めなくとも叶えたこととなる。それはそれで、

悠としても満足するところではあった。羽織も採寸などが予めされていたかのように着心地良い。当事者よりも我がことのように嬉々としているのが長曽祢虎徹だ。

「ふふっ、似合っているぞ悠。やはり貴公は新撰組隊士である方が相応《ふさわ》しい。それで、着心地はどうだ？　まるで某《それがし》に優しく抱きしめられているような——」

「そんな感じは一切しません。今すぐ脱いでもいいですか？」

「……ばっさりと斬り捨てるか。まぁいい、その羽織には鬼の体毛が使われている。知っての通り、彼奴《きゃっ》らの体毛は鋼のような硬さを誇る。剥ぎ取った体毛を洗浄し、この神威に代々受け継がれてきた製法で繊維状にしてから編んだのがそれだ。並大抵の防具よりも強度はあるし、何よりも温かい」

「……確かに。温かいですね」

「気に入ってもらえたようで何よりだ。では早速だが貴公を三番隊へと仮配属する。丸助——鬼神丸国重が手取り足取り教えてくれるだろう。それに千年守が所属しているのも三番隊だ。それならば貴公にとっても都合がよかろう」

「鈴が三番隊に……ってちょっと待ってください。確か——」

「せやで兄ちゃん——いんや悠！　三番隊に入ったんやったら、早速ウチらときてもらうで！」

すぱん、と勢いよく襖《ふすま》が開かれた。

雪風を背に浴びる少女達の先頭に立つ鬼神丸国重がにぃっと八重歯を覗《のぞ》かせる。その右隣では、しっかりと新撰組隊士としての格好をした千年守鈴姫が照れ臭そうにしている。ほんのりと頬を赤らめて黙した彼女の視線は、どこか感想を求めているようで——あぁ、と。悠は素直に自分が思った感情をそのまま本人へと伝える。

「よく似合ってるぞ鈴」

「そ、そうかな……？　あ、ありがとう主《あるじ》」

「ウチは⁉　なぁウチはどうや悠！」

「ん？　あぁいいんじゃないか」

「なんやその心がこもってへん感想は⁉　でも嬉しいわ」

「全員出撃の準備はできているようだな。ではすぐに事にあたってくれ。それと悠よ——貴公はくれぐれも無茶だけはするなよ」

「……了解です局長殿」

「んじゃいくで‼　遅れんとついてきぃや！」

応と豪気な掛け声に混じることなく、静かに頷《うなず》いて悠は応えた。

◆　◇　◆　◇　◆

ひゅうひゅうと凍風が木々の間をすり抜けていく中を混じっての行軍は、統率がまるで取れていない。すいすいと軽やかな足取りで進んでいく少女達の背後、雪に足を取られ今にも転びそうになりながらも進む悠に、小動物を愛でるような視線が注がれている。

隊士の一人が手を差し伸べた。それを皮切りに私もと次々伸ばされた手を、悠は丁重に断る。

「遅いで悠！　そんなちんたら歩いとったら日が暮れてしまうわ！」

「だ、だったらなんでこんな道を選んだんだ……!?」

近道という鬼神丸国重の言葉に、最初こそ悠も賛同していた。

鬼が出現したのであれば迅速に対処するのが桜華衆《おうかしゅう》の鉄則。時間を費やせば費やすほど、更なる被害を生むからに他なく。されど弥真白《やましろ》や耶真杜《やまと》のように道路整備も施されていない自然道かつ悪天候は、あらゆる地形にも適応して戦闘が行えるよう修練を積んできた悠でも悪戦苦闘を強いられていた。

一方で、鬼神丸国重達はどうか。御剣姫守《みつるぎのかみ》となって浅い自分の愛刀すらぴったりと離れることなくついていっている。どのような修練をすれば、あぁも軽やかな動きが可能なのか。

「大丈夫？　この辺りは本当に道が険しいから気を付けてね」

（あぁ、やっぱり――）

さすがは俺の愛刀だ。出会ってから最期の瞬間まで共に歩んできてくれたお前こそ、結城悠の真の愛刀として相応《ふさわ》しい。それ以上の業物は……結城拵《こしらえ》が現在の有力候補だが、もしこの刀と出会ってなければ俺は知らないままだったし、きっとこの世には存在しないと豪語していただろう。

だからこそ、結城悠《おれ》は千年守鈴姫《こいつ》よりも強くならないといけない。誰も守れないようになってしまってはナマクラも同じ。

俺はナマクラには絶対にならない。少しでも関係を築こうとする魂胆が丸見えの隊士達を、悠は横切った。

途中、凍風に混ざって誰かの呟《つぶや》きが悠の耳に届く。別に彼女達の厚意を足蹴《あしげ》にするつもりは毛頭なく、胸中にて燃える決意に突き動かされただけにすぎない。もし純粋な厚意であったならあしらわれたと勘違いされても文句は言えまい。

そんなつもりはなかった。この一言を告げんと立ち止まり――

「いいわぁ……ものすっごくいいわぁ」

「寒さも打ち消すほどの営み……いいですねぇ」

「う～んめちゃクチュ不可避案件ですねわかります」

――少しでも罪悪感を抱いてしまった自分が馬鹿だった、と。悠は歩くことを再開した。よくもまぁ、異性の前でそのような会話ができたものだ。今更すぎる話ではあるけれど。

尚も飛び交う不謹慎極まりない願望《ワード》には類の筋肉もつり上がりっきりで、とにかく距離を取らんとした悠の歩速も一段階上げられる。

やがては鬼神丸国重の隣に並び――悠は尋ねた。

「まだ着かないのか⁉」

「心配あらへん！　ここを抜けたら……ほれ見えたで悠！　まぁた沢山《ぎょおさん》おるなぁこりゃ」

鬼神丸国重の言葉通り、漁場を雪鬼が荒らし回っている。幸い死傷者は見当たらず、代わりに人々の糧として出荷される予定であったろう魚達が食い散らかされている。一先《ひとま》ず被害が最小限であることに安堵《あんど》して――不意に。真横から突き刺さるような気にふと見やり、悠は目を見開く。

「許さない……！」

千年守鈴姫が怒っている。放たれる気の鋭利さと言えば、まさに研ぎ澄まされた真剣そのもの。瞳の奥で滾《たぎ》る炎を見やり、思わず感心の溜息をもらす。

千年守鈴姫の怒り――その根源は強い正義感と使命感にある。今や新撰組隊士でもある彼女は己の務めを全うしようとしているのだ。この世界のために、人々のためにその刃を振るわんとする千年守鈴姫がその瞳に討つべき敵を捉えて、一言。

「美味しい魚を横取りするなんて許さない！」

「俺の感心を返せ」

かつての愛刀は、はて。いつの間に腹ペコキャラへとチェンジしたのだろう。自分が気付いていなかっただけで、実は元からそうだったのか。そう思うと、なんだか頭がずきずきと痛んできた。正義と使命の炎……ではなく、食欲の炎で瞳をぎらつかせる千年守鈴姫には悠も呆《あき》れの溜息をもらさずにはいられなかった。とりあえず口元の涎《よだれ》は拭き取っておく。

ともあれ。これからすべきことに変更はない。既に大刀を抜き戦闘態勢に入っている鬼神丸国重らに続けて、悠も腰の大刀を抜き放つ。同じく、千年守鈴姫も得物を抜いた。脇差を逆手に握った、二刀の構えである。

「ええか？　まずはウチが先行して鬼どもに切り込む。場が混乱したら全員で突撃や――それと悠」

「ん？」

「……局長も言うとったけど、絶対に無理だけはしたらあかんしな？　今はなんやかんや言うても仮や。自分の身だけしっかり守っとったらえぇ」

「……わかってる。約束する」

「よっしゃ。そんじゃ……いっちょ突撃や！」

鬼神丸国重が地を蹴り上げた。

「新撰組三番隊隊長、鬼神丸国重！　ウチの剣を恐れへんのやったら掛かってきぃや！」

雪鬼が吼《ほ》えて、鬼神がにやりと嗤《わら》った。無慈悲に死を告げ、もたらす側の邪悪な笑みだ。味方であるはずなのに、その一面を見るやぞくりと背筋に冷たい感覚《もの》が駆け抜ける。立て続けにどっと冷や汗が流れて――気が付けば。ざあっと赤い雨が真っ白な大地に降り注いだ。

「ほれほれ、どないしたんや⁉　まだまだいくでぇ！」

びゅんと一度大気が鳴けば、三つの首が宙を舞う。その名に鬼神の二文字を冠する御剣姫守《みつるぎのかみ》の剣を前にした雪鬼は、その力量を静謐《とこしえ》の終焉《ねむり》の中で思い知らされる。

「相変わらず凄《すご》いな……」

あまりにも一方的で、もうこれ鬼神丸国重だけでもいいのでは、と若干思い始めた頃。今こそが好機と隊士達が雪崩れのように突撃した。幾重もの雄叫びが大気をも震わせ、雪鬼達の勢いをごっそりと削ぎ落とす。そうなってしまえばもう、そこから始まるのは一方的な殺戮《さつりく》だ。圧倒的だった数も破竹の勢いで減っていく。

「ボク達も行くよ主《あるじ》！」

「えっ？　あ、あぁ！」

千年守鈴姫よりわずかに遅れて、悠も戦場へと身を投じた。先行した鬼神丸国重と、三番隊の活躍によって、雪鬼達の数は減少の一途を辿《たど》る。やはりもう自分達は必要ないのでは、と改めて思わざるを得ない中で、悠は大刀を静かに構えた。

これより迎え撃つは穢《けが》れた白の集団。きぃきぃと上げる鳴き声は耳にして不快感極まりなく。牙林拳雨《がりんけんう》――人命を紙切れ同然に奪う猛攻は、なんと苛烈な出迎えであることか。それでも悠の歩みは止まらない。雪に覆われた大地を力いっぱいに蹴り上げて、敵手へと肉薄する。

状況は変わらず、悠が不利にあった。雪に覆われた足場は鳴守真刀流の要たる脚力を封じ、更には鉛色の雲が剣鬼の必殺剣たる陽之太刀さえも悠から剥奪する。

余所者《よそもの》である彼をとことん嫌うかの如《ごと》く、神威の環境は結城悠にとって障害《かべ》であり、しかし。このとてつもなく大きな試練《かべ》を乗り越えた時こそ。結城悠という男は一つ成長を遂げていよう。

それは容易なことではない。ないが、とても乗り越え甲斐《がい》がある。ふっと、口元へわずかに笑みを浮かべると、悠は雪鬼を静かに見据える。

一際大きな鬼叫《ききょう》が鼓膜に響き、弾丸の如き勢いで剛腕が迫って――掠《かす》った。わずか数センチと満たない距離で頭上を通過する拳を見送ることなく、駆け抜け様に横薙《よこな》ぎに切り捨てる。

御剣姫守《みつるぎのかみ》のように刃戯《じんぎ》がなくとも、悠には鳴守真刀流がある。付け加えて、高天原《たかまがはら》へと転異してから人外《おに》どもとの実戦経験に基づいて培われた直感が、自身にとって最良な戦況へと悠を導く。

故に、あたかも引き寄せられるように雪鬼達は悠の星刃《せいば》をその身に受けるのだった。

ふと、視界の隅で動くものがあった。

「やっ!!」

千年守鈴姫だ。二閃《にせん》。右に左に螺旋《らせん》を描いた飛燕《ひえん》が雪鬼の胴体を両断する。

鳴守真刀流、旋《つむじ》──左右による高速の切り返しにより対象を斬る。御剣姫守《みつるぎのかみ》が振るえば、神風にも化ける。

「どないしたんやちーやん！　今日はえらい気合入っとるな！」

「今日はなんだかいつも以上に力が発揮できるみたい！　それに！」

「それに？」

「それに、主《あるじ》の前だもん！　かっこ悪いところは見せたくないから！」

「……せやったらウチはもっと頑張らなあかんな！」

「鈴……」

名刀と共闘する愛刀の姿は、悠に複数の感情を抱かせる。

まずは喜び。御剣姫守《みつるぎのかみ》としての実力は今の戦いぶりを見れば一目瞭然で、鈴姫一派の刀が歴史ある名刀にも劣らないことへの証明にも繋《つな》がる。それを帯刀していたことも悠には誇りあることだった。

その反面で、柄にもなく羨望している自分に悠は自己嫌悪にも苛《さいな》まれることとなる。

鈴はもう仕手《おれ》がなくても一人で戦える。御剣姫守《みつるぎのかみ》となったのならきっと、いつか周りと同じことを口にする――お前はもう戦わずに下がっていろ、私達に守られていろ、と。

戦う理由が完全に剥奪されるやもしれぬ未来を想像してしまった悠の顔色は優れない。

（……いや、今は後回しだ。今はただ――）

己がやるべきことに集中しよう。何度目かの骨まで両断した感覚に意識を改めさせて、悠は大刀を構え直した。


やがて、断末魔、刃鳴《はなり》に包まれていた銀世界が、再び静謐《せいひつ》を取り戻す。

死屍累々《ししるいるい》、あるいは地獄絵図と呼ぶべきか。己の白い体毛をも朱に染めて人類の天敵は冷たい雪の中に沈み、ぴくりとも動かない。凍風に乗ってむせ返る濃厚な血の香りも掻《か》き消されて、ぱちん、と金属を軽く叩《たた》く音が鳴った。鬼神丸国重が納刀した音だ。

「いや二人ともお疲れさん！　ウチが思ってた以上に早く終わったな」

「殆《ほとん》ど皆が倒してくれてたからな」

「いやいやいや、わかってはおったけど、改めてやっぱすごい思うわ。男で、人間であれだけ鬼と立ちまわれるなんて普通やあらへんねんで？　自分何でできてるんやホンマ」

「何って……こっちは歴《れっき》とした人間だよ。それ以上でも以下でもない」

「いや、それ全然説得力あらへんわ——まぁええわ。そんじゃ任務も無事終わったし、今から採取するでぇ皆」

「採取？」

「この鬼の毛皮は知っての通りウチらの羽織もそやし、防寒具なんかの材料になる。骨は洗って浄化をしたら防具とかの素材としても使えるし、肉や臓器は鬼を引き寄せるための餌にもできる。ここ神威じゃ使えるもんやったらなんでも使う。鬼かて例外やあらへんで。てなわけやからちゃちゃっと解体するで、ちーやんは皮剥ぎ担当な」

「了解」

さくさくと、慣れた手つきで小刀を雪鬼の身体に滑らせて剥いでいく千年守鈴姫。本当にたくましく成長をしているようだ、と感心する傍らで悠も雪鬼の解体作業に加わる。傍観しているだけは性にあわないし、それならば肉を細かく叩《たた》き挽肉《ミンチ》状にするだけの単純作業ならば素人でもできる。

（衛生面は……まぁ鬼に使うからいいか）

「悠は休んでくれてもええんやで？」

「いや、さすがに何もしないのは俺が落ち着かない」

大小の刀で、ただひたすら雪鬼の肉を叩き続けるという地味な作業だ。ところで。

「鈴、ちょっといいか？」

「どうしたの？」

「お前がまさかあそこまで御剣姫守《にんげん》の身体を使いこなせているなんて驚いた……本当に強くなったな。この俺なんかよりも、ずっと」

「ボクなんてまだまだだよ。それに刃戯《じんぎ》だってあるのかないのかわからないし」

「えっ？　刃戯が……わからない？」

千年守鈴姫の発言は、悠にとって予想外のものだった。というのも、実休光忠の【天魔《てんま》顕現《けんげん》】のように具象化されたものではなかったから、てっきり三日月宗近の【月華彌陣《げっかびじん》】のように特定の条件を満たして初めて発動するタイプだとばかり、悠は思っていた。

しかし、あの蝶のように舞い蜂のように刺す、という言葉を見事に体現していたあの戦い方は、どうやら純粋な技術によるものだったらしい。

となれば千年守鈴姫の刃戯はどんな能力《ちから》なのだろう。と、考えても本人がわからないのであれば、こっちがあれこれ考えたところで答えなど出るはずもない。だが、気にはなる。

「……どんな刃戯なんだろうな」

「さぁ。ボクも早く知りたいんだけど、全然進展がないし……」

「どうすればわかるんだろうな」

「それがわかってたら、今すぐにでも主《あるじ》の前で披露してるよ」

二人揃《そろ》ってうんうんと悩んで――不意に強烈な負の感情を孕《はら》んだ視線に貫かれた感覚に悠は襲われる。

ぱっと振り返る。ぷっくりと頬を膨らませた鬼神丸国重が睨《にら》んでいた。解体作業を中断し、今さっき解体に使っていた小刀を雪鬼の身体に突き刺す。何度も、何度も。挽肉《ミンチ》にする工程であるというなら刺突は向いていない。したがってあれは完全に八つ当たりだ。

「えっと……どうかしたのか？」

念のため、尋ねてみる。大方理由は予想できてはいるが。

「ウチらがおるっちゅーのにのぉ……えらい見せつけてくれるやんかお二人さん」

「見せつけるって……ボクと主は別にそんなつもりは」

「ええか⁉　ウチの部隊じゃ隊長を差し置いての恋愛は一切禁止や！」

「恋愛って……普通に話をしてるだけだぞ？」

「う、うっさいわ！　とにかくウチを放ってイチャイチャすんのは禁止事項や！　次に破ったら局中法度違反と見なして切腹やからな――ちーやんが！」

「なんでボク⁉」

「そうそう、さっきから不思議に思ってたんだが……ちーやんって？」

「新撰組内でのボクのニックネーム。鬼神丸が勝手に付けて、いつの間にか浸透しちゃってた」

「なるほど、ちーやんか……」

「あ～またイチャイチャしとる！　さっき言うたばっかりやのに！」

「だからイチャイチャなんかしてないって――じゃあ鬼神丸。少しお願いがあるんだが、俺に新撰組の戦い方を教えてくれないか？」

「え？」

「一応、俺の今の役職《ポジション》は仮初とは言え、新撰組隊士だ。それなら隊長である鬼神丸は俺に色々と教える義務があるし、俺は今よりももっと強くなりたいんだ。部下の教育をするのも隊長の務めだろ？」

「っ……しゃ、しゃーないな！　ウチのしごきは厳しいから覚悟しとくんやで！」

「私も是非協力させてください！」

「ここは自分の出番ですねわかります」

「はるにゃんペロペロしたい」

「アホ抜かせ！　悠はウチにお願いしてきたんや、この時間だけは絶対に誰にも譲らへんからな！　ほれさっさと作業に戻りぃや！」

文句を垂れる部下達を追い払う鬼神丸国重も言動とは裏腹に明るい笑みを浮かべている。

一先《ひとま》ず機嫌を損なわせることは回避できたようで、悠も己を鍛える手立てを得られたことに小さな笑みをそっと浮かべる。今以上に強くなってみせる。誰にも告げず、胸中にて悠は決意を燃え上がらせた。

「そう言えば……」

ふと、何かを思い出したかのような口振りで鬼神丸国重が言葉を投げてきた。

「悠は、その……聞かへんの？」

「何がだ？」

「………」

「鬼神丸？」

作業の手をやめるわけでもなく、かといって次の言葉を紡ぐわけでもなく。自ら振っておいてその先を言わぬ鬼神丸国重に悠は小首をひねる。

どうするべきか、その疑問はあっさりと解決した。その答えへと導いてくれたのが開閉を繰り返す彼女の口であった。切り出そうとしているが、なかなか踏み出せない。つまり彼女は自らのタイミングを計っているのだ。ならば悠が取る行動は、待つこと。傾聴してやることこそが、この場においてきっと正しい。悠は作業の手を止めて、待ち続ける。

その時は、悠が思った以上に早くに訪れた。

「ウチの身体の一部がなんで鬼なんか……って」

「あぁ、そういう——興味ないな」

「え……？」

「聞いてくれって言うのならともかく、こっちからずけずけと聞いてもいい話じゃないだろ。話してくれるのならもちろん聞く。話さなかったとしても、それはそれでいい。どっちにせよ鬼神丸のことを俺は否定したりはしない、何があってもな……」

「悠……——ウチな、村正《おかあちゃん》に打ってもらってる時に鬼が襲ってきよったらしいわ」

「……………」

「他の姉妹がいたから事なきを得たんやけど。そん時に鬼の返り血がウチに付いたみたいなんや。そんで生まれてきたんが……」

「鬼神丸国重《おまえ》ってことか……」

「最初の頃は、そらもう色々と大変やったわ……ウチ見ただけでビビられるし、恋愛なんかもとてもやないけどできひん。だからこの鉢金と眼帯でずっと隠し続けてきたんや……——悠は」

「さっきの言葉をもう忘れたのか？　もう一度言うがどんな過去があろうとなかろうと、俺は鬼神丸国重という存在を否定したりはしない。角も赤い目も、立派なチャームポイントだ」

「悠……えへへ、おおきにやで」

「ッ……あぁ」

そう言った鬼神丸国重の顔は、今まで眼にしてきたどの笑顔よりも輝いて見えた。

◆◇◆◇◆

新撰組屯所内に設けられた道場は、最強の二字が掲げられる組織だけあって広大なものだった。造りだけでいえば悠の実家にあった道場の何倍もの規模があって、その広さを埋め尽くさんとする木打音を悠は耳にしていた。

床を踏み抜かん勢いで蹴り上げれば、気合が込められた一太刀を浴びせ合う。実戦さながら、いや真剣から木刀に換えただけでこれはもう立派な実戦だ。死ぬことは確かにないやもしれぬが、重傷はまず免れぬだろうし、最悪打ち所が悪くて……なんて可能性だって、御剣姫守《みつるぎのかみ》であれば、それも充分ありえよう。

だが、痛くなければ人間は強くなれない。道場では無敗を誇っていた者が、いざ戦場に出れば何の役にも立たない木偶と化したという話を、悠はどこかで聞いた憶えがあった。何故なら道場は安全だから。不意打ち、流れ弾、地の利が一切なくて何よりも死なない。だからその者は戦場で死んでしまったのだ。

「すごいな……」

我ながら、なんと味気のない称賛だろう。月並みな言葉だが、それ以上の言葉を悠は思いつかぬまま、薬丸示現流《やくまるじげんりゅう》の猿叫《えんきょう》よろしく雄叫びが特徴的だった隊士の後ろに自らのスペースを確保した。

正面中央の神棚に刀礼を済ませて、立ち上がり抜刀する。すらりと鞘《さや》から抜かれた音に、何名かが顔を向けたが、すぐに背けて稽古を再開する。一見すると、彼女らが悠に対してどう思っているのかが読み取れる挙措《きょそ》ではあるが――頬をだらしなく緩めさせた顔を見やれば、少なくとも彼を嫌っていると捉える者はおるまい。

悠としても、彼が道場にやってきた時から熱を帯びた横目をちらちらと向けられていたのは知っていたので、特に気に留めることもなく自身の修練へと入る。視線だけならば害もなかろう。ただ、たった一人の存在が悠に緊張感を持たせる。

（あの人もいたのか……和泉守さん）

こんな場所でも……いや、この場所だからこそ和泉守兼定の眼光はより一層鋭さを増している。新撰組の条件は強者であること。それ相応の実力が伴なわなければ要らぬ犠牲を生み出すだけだが、無駄に死者を出すことを長曽祢虎徹はきっと望んではいまい。

その監督および指導役として彼女がいるのだろう。じいっと隊士達の稽古を見ている眼差しは真剣で、時折ちらちらと自分へと向けられる嘗《な》めまわすような視線に悠はそっと顔を背けた。

気を取り直して、修練を再開する。

基本的な素振り。続けて技に入る。今日の戦闘経験に基づいて仮想の敵を描きながら、思考を巡らせつつ剣を振るう。人間のままで渡り合うための試行錯誤が毎日の課題で、それを突き詰めていくことに悠は余念がない。

人間のままで人外をも圧倒する力を手に入れる。いざ言葉にしてみれば、いや、なるほど。果てが見えぬと正に今の自分が置かれている状況だ。ここまで見事に表わしてくれたとなると、一つの選択肢が与えられる。

人間という殻を破り捨てること。即ち、人間を止めてしまう――

(いや、ダメだ!)

――悠は自らを厳しく律する。

いったい何を考え、何をしようとしていた。人間を止めることがどれだけ恐ろしいかを知っていて、自らにもそう固く禁じたというのに。危うくそれを破ろうとしている自分を戒めて、悠は首を振る。修練中でありながら、要らぬ邪念が混ざってしまい剣に乱れが生じるのは未熟者の証。

その証拠とばかりに、和泉守兼定の目がすぅっと細められた。新撰組隊士として不相応な剣だったに違いない。そのように指摘されたならば、正しくその通りだ。先の剣ではとても鬼を打ち倒すことも、誰かを守れると思うことこそ片腹痛い。

和泉守兼定がやってくる。

「……ッ!」

悠は踵《きびす》を返した。もし彼女が叱責するためであったなら、彼が逃げ出すこともなかったろう。そうとならなかったのは息を乱して血走った目をしているからで、性的危機に陥ると判断してのものだった。

「待て悠！　これは命令だ！」

無情にも、呼び止められてしまった。

副長命令とあらば、平隊士である悠に拒否権はない。渋々と立ち止まって振り返り、うわぁと声をもらす悠は盛大に嫌悪感を己の顔に示してみせる。鼻息荒くずんずんと近づいてくる女性に迫られては、ただの恐怖しかない。他の男達だったなら間違いなく気絶していよう。

さて、目の前までやってきた和泉守兼定に両肩を掴《つか》まれる。絶対にこの手は離すまいという確固たる意思が伝わる。

「あの、俺に何の用でしょうか？」

「いや、何か色々と悩んでいるように見えたのでな。もしよかったら自分が力になるぞ」

「いえ、大したことじゃありませんよ。ただどうすれば今以上に強くなれるのかなぁって思っただけです」

「強くなりたい……か。ならば新撰組の集団稽古、是非見ていくといい――全員集合！これより集団稽古を行う！」

和泉守兼定の号令一つで、それまで修練に励んでいた隊士達が一斉に整列した。無駄もなく統率された動きには、さすがと目を見張るものがある。そんな悠の前では隊士達が集団稽古の態勢を既に終わらせていた。木刀から丸太へと持ち替えた彼女達がゆっくりと上段に構える。

「丸太千本素振り、始めっ！」

一斉に丸太が打ち落とされる。鈍く重く、されど空を唸《うな》らせる新撰組隊士らの膂力《りょりょく》に驚く悠に和泉守兼定よりそっとある物が手渡された。もちろん、丸太だ。彼女達と同じことをやれ、ということは誰でも理解できよう。そのためには日本刀の何倍もあろうこの丸太を持ち上げることが前提条件であって、悠の筋力ではなんとか持ち上げるのが精一杯の結果だった。

「お、重い……！」

「私の丸太だからな。重さも他の隊士と比べて二倍はある。それを持ち上げただけでも褒められることだぞ」

「で、ですがこれで千本も素振りするんですよね？　これはさすがに――」

自分でも厳しい。それでも必死に振るってみせる。唸ることもなければ、ひょろひょろと不安定な軌道を描いた一打に敵《これ》を倒せるだけの威力は望めまい。周囲の流れに追いつこうにも、たった一日では追いつきそうにもない。ここは自分のペースを維持しつつ行うことが良策で——不意に手を掴《つか》まれた悠は目を見開いて和泉守兼定を見やる。

「自分が補佐をしてやろう。さぁしっかりと丸太を持つんだ」

「わ、わかりましたけどちょっと近すぎます！」

手を添えるのにわざわざ身体を密着させる必要はない。それでも背中にこれでもかと身体を押し付けられては、女性特有のあの二つの柔らかさも押し付けられるわけで。しっかりと持つどころかかえって力が抜けて持つことすらもままならなくなる。

明らかにワザとやっていて、副長としての威厳を捨ててまで異性と接触したい女性の……あるいは和泉守兼定の本能にはさしもの悠も抵抗の意思を見せる。

「はっ」

そんな彼の抵抗を嘲笑《あざわら》うかのように……いや、彼女は嘲笑っていた。何をかわいいことをしているのだ、と。まるでそう言っているかのような目つきに悠の顔はどんどん青ざめていく。このままでは性的に喰《く》われるのは目に見えていて、だからより一層悠の抵抗にも力が入る。それでも和泉守兼定の拘束から解放されることはない。

「暴れるなよ……暴れるな……」

「暴れるに決まっているでしょうが！　本当に何を考えてるんですかあなたは!!」

「新人の面倒を見るのはこの新撰組副長、和泉守兼定の役目と決まっている。であれば、自分が悠の面倒を——ハァハァ——見ることに、問題は——ハァハァ——あるまい」

「今の態度を見ても問題ないと思えますか!?」

「くっ……汗の臭い。犯罪的だな！」

「うわひゃっ！　な、舐《な》めないでください！」

「も、もう我慢できんぞ悠！」

ついには押し倒された。背中にわずかな痛みが帯びたが気を向ける間もなく、衣服が脱がされていき、悠は決死の抵抗を見せた。ここから先だけは何人たりとも、土足で跨《また》がせるわけにはいかない。結城悠自らの意思を以《もっ》て、真に好きと思える異性が現われるその日まで、たとえどれだけ魅力的であろうとも屈しない。この純潔を誰にも捧げるわけにはいかないのだ。

そんな彼の抵抗も、和泉守兼定の前ではどうやら児戯に等しかったらしい。性的興奮からきている恍惚《こうこつ》とした表情を崩すことさえ叶わず、胸元の開放を余儀なくされる。

「傷だらけなのだな、悠の身体は……色々と話は加州より聞いてはいたが、相当な修羅道を歩んできたのだろうな――だが、それでも自分には勝てん」

「ちょっ……本当に、やめっ……くぅっ……！」

白くすべすべとした指先に肌を愛撫《あいぶ》される剣鬼の鳴き声は、もはや小鬼だ。その現実を直視した時、悠は両肩を大きく戦慄《わなな》かせた。

今何をやっても自分の力量では和泉守兼定を跳ね除けることは不可能で、抵抗は彼女をより興奮させるだけにしかならないと、身を以て思い知らされる。

（情けない……）

ただただ悔しさが込み上がってくる。それと同時に、抵抗虚しく男性に陵辱された女性の気持ちを、こんな形ではあるが理解できたような気がした。恐怖と悔しさしかない感情《なか》でただただ蹂躙《じゅうりん》される気持ちとは、こうも禍々《まがまが》しいものだったとは。

「安心しろ悠よ。もう傷を負う必要はない。貴様は男なのだから守られていればいいのだ。すべてはこの自分に……和泉守兼定に委ねるといい」

「――――」

その一言が、悠の中で何かを切れさせる。

形容するならば、鎖か。猛獣が暴れないようにその四肢を、鋭い牙を向かないようにその口を、がんじがらめに縛るように。それが今、和泉守兼定の言葉によって引きちぎられる。

解放された獣が大人しくしているだろうか――否だ。本能のままに暴れるのが獣特有の本質であるように――悠は馬乗りしている敵手を上空へと放り投げた。

「――――」

道場が一瞬にして水を打ったようになった。その中を悠は立ち上がって道場を後にする。

道中すれ違った加州清光に声を掛けられたことも気付かぬほどに、その顔に後悔と自責の念が渦巻いていることを、周囲に知られることも告げることもないまま。重い足取りで宿舎へと戻った。

◆◇◆◇◆

夜の執務室。しんと静寂の中をさらさらと奏でるのは、長曽祢虎徹によって操られている筆の音である。すらすらと白紙の上を走らせていて、執務中に何を笑うことがあろうと、今の彼女に疑問を抱く輩はきっと少なくはあるまい。

長曽祢虎徹は笑っていた。声を発することなく、三日月のように口を歪《ゆが》ませている。

事実、彼女は楽しんでいた。何故なら結城悠が大きく絡んでいて、その彼の今後を担うための処遇を決めるための案をまとめているのだから。

「ふふふ……悠が手に入れば……ふふふっ」

今、長曽祢虎徹には二つの感情が渦巻いていた。

結城悠を手に入れることは、自身にとって願ってもないことだし、何よりも彼女の因縁相手に屈辱を与えることにも繋《つな》がる。自分が好意を寄せている相手を他の女に奪われたら、あの女はどう思うだろう。それがかつて袂《たもと》を分かった因縁《それがし》であったなら、あの女はどんな顔をするだろう。

悔しがるだろうか、憤慨するだろうか、それともわんわんと泣き喚《わめ》くだろうか。わからない。わからないから色んな未来《はんのう》を予測して、その滑稽さにニヤつくのをどうしても止められない。止められそうにもない。いや、止める必要はどこにもない。大いにおかしく、腹がよじれるほど嗤《わら》ってやればいい。もちろん、こんな夜中に寝ている隊士達を起こすわけにもいかないので声は殺しているが。

しばしの間、忍び笑いを楽しんだ後、さてと長曽祢虎徹は作業を開始する——と、そこに。

「失礼するぞ姉者」

「おぉ、入っていいぞ」

真夜中の来訪者を招き入れる。

入室した彼女に、はて、と長曽祢虎徹は小首をひねる。というのも和泉守兼定に執務室へと来るように指示したのは他ならぬ彼女自身であって、結城悠の処遇案をまとめると聞いた妹の興奮ときたらさながら発情期の獣のようであった。だが、約束通りにやってきた我が妹の顔色が優れない。何かあったと察するのは容易《たやす》く、では次に何があったのかを知るべく長曽祢虎徹は問うた。

「……何かあったようだな——悠が絡んでいるか？」

「あぁ。……わかるか？」

「なんとなくだ。いや実はな、さっき加州にも言われてな、悠がなんだか元気がなかった……と――何があった？」

「……今日、悠の稽古に付き合っていた」

「知っている。そして押し倒したそうだな――うらやまけしからんぞ和泉」

「そ、そこは一先《ひとま》ず後回しにしてくれ姉者――……悠の素振りを見ていたのだがな、やはり普通ではない。以前刃を交えた時とはもはや別人の領域だ。異世界の人間とは、皆あぁなものなのか？」

「……つまり？」

「嗤《わら》っていたのだ姉者。刃を振るう時に見せたあの顔はまるで……」

そこから先が紡がれることはなく、長曽祢虎徹も和泉守兼定を催促したりせずに、ただ静かに見守っている。なんとなく、妹であるからこそ姉たる彼女には何を言おうとしたのかが予測できた。

剣鬼……結城悠を深く知る者であれば、大抵がこの言葉を口にする。事実、彼と出会ってから鼻血を出すことが多くなったもう一人の妹……加州清光がそのように口にしていて、その嘘偽りない性格を知っているから、恐らくは事実なのだろうと長曽祢虎徹はこの喧伝《けんでん》を疑うことはなかった。

疑わなかったからこそ、今回の話を聞いたことで焦りに胸が締め付けられるのを抑えられない。男でありながら、何故剣鬼へと堕《お》ちた。いったいどんな過去が貴公をそうさせた。本人の口から語られない限り、長曽祢虎徹が真実へ到達することは永遠に叶わず――少なくともそれ以上先へ進ませないことはできる。

（悠は某《それがし》らが守ってみせる！　だから安心して某らに身を委ねてくれ、悠よ）

一度根付いたものを改善させるのは骨が折れよう。だが、終えた後に素晴らしい未来が待っている。それができるのが新撰組であると、長曽祢虎徹は信じて疑わない。

「姉者……」

「大丈夫だ和泉。某らが悠の行く末を見守り、導いていけばいい――さて、そろそろ本題に入りたいのだが」

「え？　あ、あぁ！　そうだったな姉者――これが隊士達の要望だ」

訪室時から後生大事そうに抱えていた書類の束を受け取った長曽祢虎徹が満足気に頷《うなず》いた。結城悠が正式に入隊したとなれば、もちろん彼を狙わんとする者が出てくる。それこそ妹達もその一人であって、彼女とて例にはもれない。

そこで策を練る。独占することは即ち、新撰組の崩壊を意味する。長年築き上げてきた信頼関係も、男が絡むだけで脆《もろ》くも崩れ去ろう。局長として、長曽祢虎徹は最悪の事態を避けねばならず、では共通財産にしてしまえばどうか。独占はできなくなろう、しかし少なくとも身内での争いはなくなり、同じものを守らんとする連帯力が強まるかもしれない。

和泉守兼定には、その第一歩として隊士達から悠に対する要望を集計してもらった。

局中法度悠目録——たった一人の男を愛し、独り身から脱して人生を謳歌《おうか》するための、もう一つの新撰組の掟。

「楽しみだな、姉者……」

「応とも。楽しみで仕方ないぞ和泉……」

二匹《ふたり》の雌《おんな》は笑う。のちにとうとう聞くに堪えかねた加州清光が苦情を申し立てにくるまで、長曽祢虎徹は和泉守兼定と共にただただ腹の底から笑い続けた。


神威の町は、今日もどんよりとした雲に覆われている。

しんしんと降り積もる雪がどんどん熱を略奪していき、けれどもそれ以上に人々の活気は炎のように熱く燃え盛っている。この程度の寒さがなんぼのものぞと、笑みを絶やさず卑猥《ひわい》でありながらも会話に花を咲かせる彼女達を見ているだけで、不思議と活力が湧き上がるかのようで……。

「平和だな」

剣を振るうのに場所は関係ない。そこに守るべき命があるのなら、ただ俺はこの二刀を以《もっ》てそれを守るだけなのだから。遅めの昼食を終えて、巡回にあたっていた悠は胸中にて決意を燃《ほのお》え滾《たぎ》らせた。

新撰組三番隊隊士となった悠も、もはやただの観光客にあらず。仮でも入隊したのだから次なる任務が与えられればそれに従うのが道理で、悠自身もそれを拒否するつもりは毛頭ない。

「主《あるじ》大丈夫？　疲れてない？」

「おいおい、この程度で疲れていたらこの世界じゃ生きていけないぞ。そう考えたら親父の扱《しご》きの方がもっと地獄だった」

「う～、またウチだけほったらかしにしてぇ……！」

「別に放ってないだろ……。それなら俺からも言わせてもらうが、誰のせいで任務に遅れたと思ってるんですかねぇ、鬼神丸国重隊長殿？」

千年守鈴姫と鬼神丸国重の両者を加えた三人一組の小隊《チーム》を作るだけで、およそ一時間のキャットファイトを悠は見せ付けられた。その理由というのが誰が同じ小隊《チーム》になるかであって、その勝者が鬼神丸国重なのだ。

正直に言えば、千年守鈴姫さえいれば後の一人は誰でもよかった。むしろその隙に本土へと鈴を連れて帰れる好機もあっただろうに。故にこの場においては、鬼神丸国重が勝ってしまった運命を悠は疎ましく思った。

「あ……」

広場で悠の足は止まった。関心を示す彼の瞳の先には、あの銅像が今日も静かに佇《たたず》んでいる。芸術への心得および関心がなかったはずの自分が、何故こうも銅像に興味をそそられるのか、悠はわからない。

そして歴史あるものなのに誰も見向きもしないそれを、ただ一人関心の眼差しを向けていた悠がとても珍しく見えたのだろう。

「あの銅像が気になりますか？」

中年の男に話しかけられて、悠の意識はそちらへと向けられる。

細目と温厚な顔立ちが印象的な彼の後ろに控えている十人の女性はその妻と見てまず間違いなく。この国の未来を担っていく芽吹いたばかりの命は、母の腕の中ですやすやと寝息を立てている。

しかし、はて。そんな種を強要されてきたであろうこの男が、自分にいったいどんな用があるというのやら。とりあえず軽く会釈だけをして、悠は相手からの言動を注視する。

「この銅像は私の祖先――オキクルミが『血を啜《すす》りし獣』と戦った姿だと言い伝えられています」

「オキクルミ？　オキクルミってあの……。それよりも、『血を啜りし獣』というのは？」

「遥か天空《そら》の彼方より飛来した厄災……昔は緑溢《あふ》れる美しかった神威がこのようになってしまったのも、『血を啜りし獣』が原因だと言われています。そこでオキクルミが自らの命を賭して封印しましたが……未《いま》だこの神威には『血を啜りし獣』の呪いに支配されたままなのです」

「……『血を啜りし獣』とオキクルミ、か。ですが、その……よく勝つことができましたね」

恐らくは、自分以外にもこう思った者がいるのではないだろうか。御剣姫守《みつるぎのかみ》ではなく、人間であった彼女が如何《いか》にして強大な敵に打ち勝つことができたのか――悠の疑問はここにあった。

この疑問が解けた時、結城悠は今よりも強くなれるかもしれない。人間であったオキクルミができたのであれば、同じく人間である自分もまた、きっと。

そのためであればなんだってする。それだけの覚悟が、今の悠にはあった。

「ええ。それは『血を啜りし獣』がこの神威に現われてから間もない頃、同じく天空《そら》から一匹の龍が現われました。青い鱗《うろこ》をほのかに輝かせた龍は一振りの剣となり、オキクルミを助けたと伝えられています」

「剣、ですか」

「よろしければ、その剣をご覧になりますか？」

「えっ!?　いいんですか!?」

「もちろんです。我々一族の役目は、この神威の英雄オキクルミの存在を未来永劫《えいごう》語り継いでいくこと。そのために資料館を営んでおります。まぁ、こじんまりとはしていますが」

「是非見せてください！」

「ちょっと悠ぁ？　ウチらは一応任務中やで？」

「ちょっとだけなら問題ないだろ！　それにもしかしたら中に鬼が潜んでいるかもしれないからな」

「モノは言いようやなぁ……ちょっとだけやで？」

「ありがとう！」

案内されるがまま、悠は男の後を追いかける。

男が営んでいるという資料館は、彼が口にした通りの小ささだった。

五畳半程度の狭い空間で所狭しと書物が展示されている。中でも悠の目を一際輝かせたのが、中央で鎮座するそれにあった。全長がおよそ三尺はあろうそれは、柄や鍔《つば》といった剣という形を成すために必要なものがない。錆《さ》びつき、二度とその機能を果たせそうもない刃だけが飾られている。

刀剣としてあるべき芸術的価値ももはや失われているであろう、ソレを見やる悠の目は対照的に燦爛《さんらん》と輝いていた。

「これが……！」

「ええ、蒼《あお》き龍がオキクルミに与えたと言われる剣……名を、天吼《てんほう》・星獣剣《せいじゅうけん》といいます。ご覧の通り、剣は既にこの状態で修復することも叶わないのですが……」

「いえ、それでも形が残っているだけすごいことだと思います」

「悠もうそろそろ行くで！　ええ加減にせぇへんと今晩はウチの部屋で説教や、はいもう説教決定や今すぐウチの部屋に行くで！」

「説教という名の何かならお断りだ。すいません、それじゃあ俺達はそろそろ……あの、また見に来てもいいですか？」

「ええ、是非とも見に来てください。あなたのような若いのに歴史に関心がある方は大歓迎です」

「ありがとうございます。では、これで」

男に別れを告げて、悠は仲間の下へと戻る。

合流を果たして、彼女……眼帯の少女にだけ怪訝《けげん》な眼差しで出迎えられる。

「あんなさっびさびの刀身なんか見てなぁにが面白いんかさっぱりやわ」

「そうか？　本当にほのかに蒼く輝いていたぞ」

「え～？　輝いてたかぁ？　まぁええわ、それよりもさっさと見回っていくで」

「あぁ、わかった」

「さてと、それじゃあ次はここで最後だな」

地図に印を記入しながら進んでいく。

残すはあと一つ。ここさえ巡回すれば、悠の仕事は終了し自由時間が与えられるはずだった。もっとも、ただならぬ気配にお預けをくらった気分を味わうこととなってしまったのだが。

「……何かいる」

遠くに聞こえる活気を背に浴びながら、表通りから外れた路地裏を悠はぎっと睨《にら》みつけた。常人にあらずとも、これより先に踏み込むことを躊躇《ため》わせる禍々《まがまが》しい気に満ちて。まるで魔境に迷い込んだかのような錯覚が悠を襲った。

実際、景色が歪《ゆが》んで視えているからそう見紛った。生きる者を死者の国へと誘うかのような……。

「いくでちーやん。悠はウチらの後ろや。とりあえず原因を突き止める」

「うん！」

「あぁ」

魔境へと足を踏み入れる。

「……ッ」

悠の口から喘《あえ》ぎにも似た吐息がもれた。不快……一言で表わせば、これに尽きる。臓腑《ぞうふ》を掻《か》き回されるような感覚が、悠に冷や汗を流させる。剣鬼ならばこそ辛うじて意識を保っていられるものの常人であれば、きっとこの不快感に耐えられずショック死する。

先行していた御剣姫守《かのじょ》達の足がぴたりと止まった。振り返ったその顔は心配の感情《いろ》こそ浮かんでいるものの、顔色は優れている。

「大丈夫かいな悠。しんどいんやったら無理せんと外で待機してくれとっても構わへんのやで？」

「そうだよ主《あるじ》！　すごく顔色が悪いから無茶したら――」

「俺なら、大丈夫だ！　早く行こう……」

二人の心配を他所《よそ》に、悠は先に進むことを促す。なんならそのまま死番を担ってもいいとすら思っていた。そもそも、悠は鬼神丸国重が死番であることに不満を抱いていた。彼女は両肩に圧《の》し掛かった職責の重さに、まるで慮《おもんばか》る様子がない。それが覚悟か、最初から自覚を持ち合わせていないのか……悠にはどちらでも構わない。ただ女性が死線に立つことそのものが、己の信条に反している。これだけが彼にとって重要で、自身を突き動かすに必要不可欠な原動力へと変わる。

役に立てないのなら、立てないなりのことはしてやる。何もせず傍観することこそ、結城悠には死よりも苦痛で恐ろしいことなのだから。

「……ホンマに大丈夫かいな」

「俺なら平気だって、言っただろ？　さぁ、早く先へ」

未《いま》だ不安拭《ぬぐ》えぬといった二人を急かすように、悠は足を動かす。奥へ進むにつれて、その顔に冷や汗と苦痛を滲《にじ》ませながら、されど悠の歩みは止まらない。あとどのくらい、この苦痛が続くのだろう。そんな祈りにも近しい考えがふと浮かんで――神様仏様が願いを聞いてくれたかどうかは、さておき。

「あれは――」

「ウチらの隊士やないか。せやけど――」

なんでアイツらがここに。続くことのなかった、されど鬼神丸国重が口にしようとした言葉を悠は察する。そう、どうして彼女達がここにいるのかがわからない。

彼女らの担当区域は別で、本来ならばこの場にいるはずがない。ではこの邪気を察したのか、と問わるるならばこれも否。悠もこの路地裏と対峙《たいじ》したことで初めて異変に気付いている。もし遠くにいても察知できるものであったなら、わざわざこの場を最後に回したりなどしていなかった。

これらの情報から、不安と緊張が拭い去れない。

そしてそれは、次の瞬間――不安が戦慄と化して顕現《けんげん》した。

「ちょっ！　なんのつもりや！」

朱の凶気に染まった白刃が鬼神丸国重へと襲い掛かる。

「危ない！」

「くそっ！」

追い討ちを掛けようとした隊士の白刃を代わって受け止める。

紅に染まった瞳は味方として見ていない。男がいる事実に目もくれず斬り掛かってきた彼女達が正気ではないのは明白だった。

「いったい何がどうなって……操られているのか!?」

「どうするの主《あるじ》！」

「どうするって言っても……！　お前こそないのか!?」

「ゲームじゃないんだからあるわけないよ！」

「それも……そうだったな！」

術《すべ》を持たなければ救うことができない——それは違う。確かに術はない、が手段はまだ一つだけ残されている。もっとも簡単で実に単純《シンプル》なこと。これならば刃戯《じんぎ》がない悠でも行える。術者を倒す。倒せなくとも支配《リンク》さえ断ち切ってしまえばいい。

（どこだ……どこにいる!?）

鍔迫《つばぜ》り合いの最中で、悠は視線を忙《せわ》しくなく動かし——

「――いた！」

強引に活路を開いて、悠は疾走した。

おそよ七メートル先。自分の視界《せかい》で一人ぽつんと佇《たたず》んでいるソレに悠は斬り掛かった。

元凶と特定するだけの物的証拠は、現時点では一つとして見つかっていない。したがって彼の行動は状況証拠だけを踏まえたもので、されどこの場では物的証拠よりも勝っている。

にしゃり、と邪悪な笑みを浮かべておいて、通りすがりの一般人などという言い訳を敵手もすまい。それならば悲鳴を上げながら逃げればよい話だ。それもせず、あろうことかボロボロのローブの下から黒刀を露わにしたのならば……敵手も退くつもりはないと見える。

「彼女達に何をした⁉」

「別に。ただあの子達が抱えている悩みを聞いてあげて、後押ししてあげただけだけど？」

流暢な言葉を黒刃と共に返される。

「ぐっ……！」

たった一合の打ち合いで、悠は後方に大きく弾き飛ばされる。すぐ後ろではどよめきが起きていて、振り返った悠の顔に安堵《あんど》の笑みがこぼれる。どうやら先の一撃で、敵手の支配を断ち切れていたらしい。

「あ、あれ……どうして私達は隊長に……」

「ち、違うんです隊長！　その、これは自分でも訳がわからなくて……」

「えぇってえぇって。それ相応の事情があったみたいなのはよぉわかる。せやからあんまし気にせんでえぇ」

「隊長……」

「その代わり、持っとる春画とか全部没収な。これが終わったらウチの部屋まで持ってくるように」

「隊長ぉぉぉぉぉっ!!」

　隊長に刃を向けたことへの動揺と、自分が何をしていたのかわからないことへの混乱に酷《ひど》く狼狽《ろうばい》する隊士達に激励する鬼神丸国重。途中で悲惨な叫び声に変わったが、一先《ひとま》ずいつもの風景を取り戻せたことに安心して、悠は再び敵手へと向き直した。

「お前……禍鬼《まがつき》なんだな？」

「ん～、まぁそうなるのかなぁ。それよりさ、どうしてここに男がいるわけ？」

「……なんでもいいだろ。ただ俺はそういった家系の生まれなんだよ」

「ふ～ん、弱いくせに刀振るうとかさ、本当に見ていて滑稽《こっけい》っていうか大爆笑ものだわ」

「……何？」

「だってそうじゃない。さっきの一撃で殺されなかったのは褒めてあげる。男にしちゃあ充分よ、うん合格点あげちゃう。でも所詮は男。女よりも弱くて弱くてちっぽけな虫と同じなの。だから大人しくお家に……いやアタシに食べられるんだから胃の中にいらっしゃい、が正しいのかな？」

「……もう黙れ。これ以上は目にも耳にも鬱陶《うっとう》しいだけだ」

悠が地を蹴った。

「アカン悠一旦下がるんや！　悠が勝てる相手やあらへん！」

うるさい。知ったことか。鬼神丸国重の制止を無視して悠は猛進する。

「おぉ怖っ！　でも当たんないんだよねぇこれが」

「黙れ！」

既に悠の剣には冷静さが失われていた。ただ禍鬼《こいつ》を斬る、と。彼の心中にて渦巻く邪念が、武を修める者にとっての基礎を忘却の彼方へと追いやる。殺意を孕《はら》んだ悠の一撃、一撃はどれもが必殺の領域だ。どこと言わず当たれば即死は免れまい――が、冷静さが失われ、殺意が膨大であるが故に読まれやすい。

現に颶風《ぐふう》の攻めに転じていながら、どれ一つとして禍鬼《おんな》を捉えられていない。その結果がすべてであった。

「無駄無意味無価値。刃戯《のうりょく》もないただの人間の男に負けるとか天変地異が起きるぐらいありえないことだから」

「くっ……!!」

「あれあれ？　もしかして怒っちゃった？　でも本当のことだからさぁ、現実を受け入れた方がいいわよ？　うん、君は弱い。とっても弱い。だからさぁ、大人しく隅で震えて守られていた方がお似合いだったわよ——こ、い、ぬ、ちゃん？　あはははは っ！」

「————」

今、この禍鬼《おんな》はなんと言った。

知れたことだ。あれだけはっきりと言われたことを聞き逃すほど、この耳は衰えていない。だからこそ、弱いのだから大人しく隅で震えて守られていろ……と。そう口にした禍鬼《おんな》を悠は許せない。先の発言を侮辱でないのなら何と言えばいい。

これが怒らせるためであったなら、目論み通り結城悠の起爆剤として充分な効果があったと認識しても構わない。いずれにせよ、結城悠を侮辱した……この事実が曲げられることは決してないのだ。

（そうか、お前は俺をそんなにも侮辱したいのか。見下げているのか——）

ならば、結城悠はこの場にて証明せねばならない。忌み嫌っていた〝ゆうき〟と変わりて、目の前の敵手を打倒せぬ限り弱者の汚名《レッテル》を返上できそうにもない。

「すぅぅっ……はぁぁぁっ……——」

気が吹き荒ぶ。暴風の如《ごと》く荒々しさを宿した悠の剣気が雪原を走り抜けた。

敵手の表情《かお》が変わった。まずは上々の滑り出し、と自己評価する悠は不敵な笑みを浮かべる。さて、次はどんな表情《かお》を見せてくれる。苦痛か、驚愕《きょうがく》か、それとも……恐怖か。どちらだって構わない。ただ次の一太刀で結城悠が弱者でないと認めさせることができれば、悠は満足なのだから。

「——それじゃあ、続きを——やりましょうか」

「コ、コイツ……！」

「いきますよ……あぁ安心してください。一太刀で終わらせてあげますから」

にこりと、悠が微笑《ほほえ》んだ。一歩、二歩と後退りする禍鬼《おんな》の顔には困惑の感情《いろ》が強く示されている。

「な、なんやあれ……まるで別人やないか！」

「はるかきゅんが……でも、いい！」

混乱は禍鬼《おんな》だけに留まらず。彼の味方にある鬼神丸国重ですら、胸中より湧き立つ疑問と困惑を隠せない。

結城悠は男でありながら剣の道を歩む者だ。この情報に関しては今更すぎるものであるし、ただ実際に垣間見えたことで理解したのは、彼が強いという事実だった。無駄が一分《いちぶ》もない。悠が今までに培った技術、育んできた肉体、得てきた経験……それらすべてが統合されて完成された彼の剣を例えるならば流水のよう。そう評価していた鬼神丸国重だったが。先も彼女が口にしたように、刃から全身を通して燃える凄烈な殺気はもはや別物なのだ。

穏やかかつ丁寧な口調で、優しい笑みを顔に張り付かせている悠を、とても今から殺し合いをする者として見る者はこの場において皆無であった。

同時に、ただ一人だけが悲しげな顔で彼を見つめている。

「は、悠……」

蚊の鳴くようなか細い声で、されどそこには彼女の思いが溢《あふ》れんばかりに込められている。

どうか元の優しい悠に戻って。ボクの大好きな悠じゃなきゃいやだ――と、主人を想う恋心。自身が振るうに相応《ふさわ》しいのは彼しかなく、彼なくして自身もまた存在しえない。だから、どうか、と。切に願う少女のその想いに――

「さぁ、どこを斬り飛ばされたいですか？」

――それすらも、剣鬼は気に留めない。

この場において他者の顔色を窺《うかが》うことになんの意味がある。無意味だ、無価値だ。剣鬼ならば剣鬼らしく、ただ剣を振るうことのみにその思考と肉体を動かせればいい。その他は不要だ、と一切を斬り捨てて――悠は地を蹴り上げた。

神速の歩法——縮地が瞬く間に敵手の下へと悠を導く。

懐深くに潜り込んだ。一閃《いっせん》。轟《ごう》という咆哮《ほうこう》と共に鋭い一太刀が禍鬼《おんな》の左腕を刎《は》ね飛ばす。真っ赤な花吹雪が舞った。それはまるで季節外れの桜がはらはらと舞い散るようで……真っ白な雪を真紅に染め上げていく。

「ガァァァァァァァァッ!!」

苦悶《くもん》の表情を浮かべた禍鬼《おんな》の叫びに、悠はにこりと嗤《わら》った。

「へぇ、今のを避けましたか。首を刎ねるつもりでいったんですけど」

あたかも意外であると言いたげに、だが心底楽しそうに。悠の顔から冷たい笑みが消えることはない。そうだ。たった一太刀で終わってしまうのは面白くない。一太刀で終わらせると言ったのも、まぁその場のノリのようなものでしかない。

〝ゆうき〟が真性の禍鬼《かいぶつ》へと戦いを挑むのだ。この程度で終わってしまうのはつまらない。そういう意味では御剣姫守《みつるぎのかみ》すらも手を焼く真価の片鱗《へんりん》をこの禍鬼《おんな》も一度として見せていない。

「どうしたんですか？　まさか、もうここで終わりですか？　だとしたら……もう退屈なんで死んでもいいですよ。あぁ、なんならもう興味がないので、この場にいる他の誰かでも構いませんが……好きな方を選んだらいいですよ。せめてもの情けってやつです」

「こ、このガキッ……」

全力を引き出させた上で、尚勝つ。そのためにはどんな手も使う。口調に憐れみさえも混ぜながら侮蔑も露わに言ってのけた悠に、しかし返ってきた反応は彼の予想とは正反対のものだった。

「がッ、は……！」

禍鬼《おんな》の心臓から血濡《ちまみ》れの白刃が飛び出す。

「――なんのつもりです千年守」

突然の乱入者に悠は問う。その静かで穏やかさを感じさせる口調に、確かな殺意を込めて。挑発した時の禍鬼《おんな》は、その瞳に憤怒を宿しているのを悠は見逃さなかった。もしそうでなければ、今頃踵《きびす》を返して脱兎《だっと》の如《ごと》く逃げ出していただろう。だが、そうならなかったのは少なくとも結城悠の存在が、本気を出さねばならないと判断させたことに違いはなく

――それを邪魔されたのだから、悠が怒るのは至極当然であった。

たとえ愛刀であろうと、真剣勝負に水を差したことは許さない。

だが、その千年守鈴姫は――

「お願いだから目を覚まして悠！　その顔は、悠が何よりも嫌っていた顔じゃないか！　絶対にならないって誓ったのに破るの⁉」

――悲願するように、ぼろぼろと涙を瞳から流していた。

誓い……そう、結城悠には二つの誓いがあった。

一つは己の剣は誰かを守るために振るわねばならない。

そしてもう一つ——あぁ、どうして俺は。大刀を鞘《さや》に納めて、悠は思いっきり自身の頬を殴りつけた。鈍い音と衝撃が耳に響く。口腔《こうくう》内にじんわりと鉄の味が広がって、外へと吐き出す。そうなるように殴ったのだから、このような結果になるのは当然だ。ともあれ、その痛みに異常加熱していた心《あたま》も冷却されていく。

「——悪い鈴。少しばかり頭に血が昇ってた」

「悠ぁ……！」

泣き顔をぎゅうっと胸板に押し付けられて。悠はその頭をそっと撫《な》でる。

「うぅ……なんでや。なんでちーやんだけ悠にあんなぎゅうってされるんや——って、そないなこと言うてる場合やあらへん！　あいつは⁉」

ぱっと鬼神丸国重が振り返った先には、一匹の禍鬼《したい》が転がっている。転がっている、はずだった。

「なっ……」

死体がない。ローブだけがただぽつんと残されていて、その下からわんさかと出てきた子蜘蛛《こぐも》に誰かが悲鳴……もとい、女性が発してはならない奇声を上げた。女子ならば目にも耳にも不快極まりない姿形《フォルム》に誰しもが嫌そうにそれを凝視している。程なくして、子蜘蛛達の動きがぴたりと止《や》んだ。この寒さに適応できなかったのか、足をきゅっと折り畳んで腹を見せたまま微塵《みじん》も動かない。

これが、あの禍鬼《おんな》の正体だったのか。確認する術《すべ》はもはやない。

「……とりあえず、帰ったら局長に色々と報告せなあかんな。そんじゃ全員屯所に戻るで！」

鬼神丸国重の号令に、応と元気な声が路地裏に響き渡る。

異変が消え、平穏を取り戻したことを実感しながら、悠も新撰組屯所へと帰還する。その右手に、愛刀の手をしっかりと握り締めて。

◆◇◆◇◆

結城悠は強くなければならない。ではその求める強さとは何か。細かなことは明確化できずにいるものの、ただ一つだけ彼の中ではっきりとしているものがある。

欲し求めんとしているのは人間としての強さで、怪物に堕《お》ちてまで得た強さにあらず。

それ故に結城一族でありながら、彼の五体に流れる喩宇鬼《ゆうき》の血を悠は忌み嫌っていた。俺は絶対に喩宇鬼《ゆうき》に堕ちない――父を斬ったのを最後に、二度と目覚めることのないよう自らに誓約《かせ》を施して……。

「けぇあああああっ!!」

夕刻——利用する者もまばらな道場にて、悠は木刀を振るっていた。

対するは加州清光。彼の颶風《ぐふう》の剣技を前にして、わずかに表情を崩しつつも、どこか楽しげである。

悠は本気で彼女を打ち倒す気概を以《もっ》て一撃を叩《たた》き、加州清光も彼の剣を弾く一刀には手加減を込めない。

本番さながら……いや、真剣勝負《ころしあい》そのものを繰り広げる両者のすさまじさは、おろおろと見守っている隊士達の姿が物語っている。それほどまでに剣技の応酬を繰り広げている悠の顔には、焦りにも似た感情《いろ》が濃く渦巻いていた。

人間が御剣姫守《みつるぎのかみ》に挑む。ただでさえ愚行としか捉えられないところに、加えて新撰組最強と謳《うた》われる加州清光が相手だ。修練ならばいざしらず、既に勝敗が決められた勝負は果たして真剣なのか、と思われたとしても無理はない。だが、どうしてもそうする必要が悠にはあった。

「どうしたんですか悠さん！　剣に雑念が宿っていて鈍いですよ！」

「くそっ……！」

「ほらほらほらっ！」

「ぐっ……うわっ！」

一箇所に三連続の刺突《つき》が叩《たた》き込まれた。一撃としか相手に思わせない彼女の運剣に驚愕《きょうがく》する間もなく、木刀をへし折られた悠は床を転がった。即座に体勢を立て直すも——彼の両腕は静かに上げられる。降参の表明。眼前に切先《きっさき》を突きつけられていて、素直に負けを認めぬ方が恥ずかしい。同時に、あちこちでは安堵《あんど》の溜息がもれていた。

（やっぱり……人間のままだと勝てないのか）

強く握り締めた拳を、そっと解いて悠は差し伸べられていた手を取り立ち上がる。ぽたぽたと垂れ始めた赤い滴に、それをちり紙でせき止めた隊士には心中にて賛辞を送っておく。よくやった、さすがは新撰組隊士だ——と。

「俺の負けです清光さん。相変わらず強いですね」

「い、いえいえっ！　私こそいい経験になりました！　悠さん、以前より更に腕を上げられててびっくりしちゃいましたよ」

「そう言ってもらえると助かります——俺も清光さんが相手でよかったです。こうでもしないと、俺は強くなれそうにもありませんので」

「……丸さんの報告書を読みました。いったい何があったんですか？」

「……別に。ただ色々とだけ」

「答えになってませんよ」

「……人間のまま、どうすれば俺は強くなれるのか。守られてばかりじゃない、誰かを守れるようになるにはどんなことをすればいいのか。そんな気が遠くなるような、ひょっとするとー生を懸けても辿《たど》り着けないようなことばかり考えているだけです」

「……守られることは、そんなに悪いことでしょうか？」

「俺の剣は誰かのためにあるんです。それが果たせない剣に価値なんてないも同じですよ
――清光さん、俺は今よりもずっと強くなりたい。強くならないと駄目なんですよ！」

「悠さん……」

「精が出ているようだな悠よ」

加州清光を除く全員が、新たな来訪者に頭を下げる。

長曽祢虎徹だ。その隣には和泉守兼定の姿もある。局長と副長、新撰組設立に大きく携わっている両者の出現に場の空気がぴんと張り詰めたのを悠は肌で感じ取った。ただ世間話をしにきたわけではないらしい。でなければ、二人からぴりぴりと闘気が放たれることもなかろう。

「悠よ、そろそろ貴公の答えを聞かせてもらいたい。今日は色々とあっただろうが、新撰組隊士として活動をしてみてどうだ？」

「……正直いって悪くはなかったですよ。とても充実していた方だと思います」

「では……」

「ええ……――ですが、やっぱり俺は桜華衆《おうかしゅう》に戻ることを選びます。もちろん千年守鈴姫……いえ、鈴も一緒に連れて」

「……やはりそうか」

「な、何故だ悠よ!!」

納得しつつもどこか残念そうに目を伏せた長曽祢虎徹に対し、和泉守兼定が呪うような眼差しで悠を見据えている。何故お前はここを出て行こうとするのか、気に入ったのならばずっと残ればよいではないか、と。

そう問い質されてしまった以上、悠としても返す必要がある。包み隠さず、悠は己の本心を打ち明ける。

「確かに二日だけでしたけど新撰組隊士としての活動は本当に楽しかったです。でも俺の居場所はここじゃない。桜華衆《おうかしゅう》こそが俺の居場所なんです。ですから虎徹さん、申し訳ありませんが入隊の件、丁重にお断りさせていただきます」

「……やはり貴公はそうするか。ならば悠よ、これより先はどうするか……皆まで言わずとも理解しているな?」

「もちろんです。長曽祢虎徹さん、貴方を倒して俺は鈴と一緒に弥真白《やましろ》へと帰ります。あいつらが、小狐丸達が俺を待っていてくれているだろうから」

「ふっ……本当にいい顔だ。だからこそ惚れ直したたし、尚更手放したくなくなった——今宵、望み通り某《それがし》と貴公とで仕合を行う。それで構わぬな?」

「ええ、望むところです」

「こ、虎徹姉と悠さんが仕合を……！　も、もし虎徹姉が勝ったら悠さんとはずっと一緒にいられるわけで、そ、そうしたらやがてそこから熱い恋愛が……ぶふぅっ!!」

どうして彼女達はこうも妄想の海に浸れるのだろう。鮮血をもろに浴びせられた悠の頬は引きつっている。シリアスだった現場の空気も一気に緩和されたことで、固唾を飲んで見守っていた隊士達も慌てふためきだしている。

「加州隊長が鼻血を出した!!」

「それで悠君の服に掛かったわ！」

「い、急いでお風呂の用意をするのよっ!!」

「は、悠さんが私の血で……――血は言い換えれば体液。つまり悠さんは私の体液塗《まみ》れになってるから、こ、これってあの官能小説と同じ状況とも言えるんじゃ……ぶはぁっ！」

「加州隊長がまた鼻血を出したっ!!」

「しかも今度は悠きゅんの顔面に掛かったわ!!」

「は、早く隊長の鼻をなんでもいいから塞ぐのよ！　このままじゃ隊長も危ないわ！」

毛先からぽたぽたと滴り落ちる赤い滴と、鼻腔を刺激する臭いに眉を顰《しか》めて、悠は道場を後にする。鬼の返り血でないだけまだマシである、と……そう思わねばやっていられない。

神威は古くから源泉が多くあるように、新撰組屯所の敷地内にもそれがあった。大自然からの贈り物を彼女達が当然無碍《むげ》にするはずもなく、そしてできあがったのが老舗旅館をも彷彿《ほうふつ》とさせる豪華なもので、見る者を圧倒させる。

「まさか敷地内にこんな露天風呂があったなんてな」

現在進行形で圧倒されている悠は、湯船にその身を浸していた。雪景色を肴に浸かる温泉とは、なかなかに贅沢なもので――真後ろの脱衣所にて覗《のぞ》きを働いている不埒《ふらち》千万は、とりあえず無視しておくことにする。

一応は法を司る立場にある組織が堂々と罪を犯すのは如何《いかが》なものなのか。獣のような息遣いが聞こえてきたあたりで、悠はそろそろ桶をくれてやろうかと一つ手に取り……置いた。

(こんなことしても無駄だな)

下手に反応を示せば、かえって彼女達の性的欲求を刺激しかねない。そう判断した悠は終始無視を決め込んだ。

それはさておき。

何故、と。悠は目の前で起きていることを直視せねばならなかった。

「鈴……どうしてお前は一緒に入ってるんだ?」

タオルで身体こそ隠してはいるが、裸になった愛刀が隣にいる。俗に言う混浴であり、悠自らが望んでの結果ではない。こびり付いた血の臭いを取るために一人堪能していたところに入ってきて、護衛を買ってでた彼女に退場を促すも頑《かたく》なに拒否されたが故の結果である。

断じて。

「あ、安心してね主《あるじ》。何かあってもボクが主を守るから」

愛刀の裸を見たいなどと邪《よこしま》な考えは一切ない。

「なぁ鈴……いい加減出ていってくれないか?」

「ボ、ボクは主の刀だから。だからこうして護衛をするのは当然だから」

「顔真っ赤にして言われても説得力がないな。恥ずかしいのならやめればいいだろ——俺も恥ずかしいんだぞ、まったく」

「だ、だって!」

「ん?」

「だって、こうでもしないと悠が盗られそうなんだもん……他の子と仲良くしてるのが、嫌なんだもん」

俯《うつむ》きぽつり、ぽつりとこぼした彼女の言葉にいつもの活気は宿っておらず。そして悠は千年守鈴姫が何を言おうとしているのか、如何《いか》なる感情を胸に秘めているのか、それを察せられないほど愚鈍ではない。しかし、いやはや。いざ理解すればなんだか気恥ずかしいし、同時に微笑《ほほえ》ましくも思う。

「皆と仲良くしたからって、別にお前のことを蔑《ないがし》ろにしたりなんかしない。だから安心しろ鈴」

年下の少女《あいて》が不機嫌な時に頭を撫《な》でてやれば機嫌が直る、と亡き妹で学んだ悠の手は、知識と経験に従って千年守鈴姫の頭を優しく撫でる。

力加減、速度、回数、相手の表情など……培った技術を総動員させて、しっとりと濡《ぬ》れた髪に手を滑らせていき――結果。気持ち良さそうに目を細めた千年守鈴姫に、悠は心中にて安堵《あんど》の息をもらした。

(それにしても、この撫で心地……癖になりそうで怖いな)

「……主《あるじ》ならそう言うだろうなって思ってた。だってボクの主だもん。主のことならなんだってわかっちゃうから」

「さすがは俺の愛刀。伊達に十数年一緒に行動してきてないな」

「……これからはずっと、ずっと一緒にいられるよね？」

「当たり前だ。お前は俺の愛刀だぞ」

「……うん！」

不意に、いや、とうとうと言うべきか。がらりと、脱衣所と浴場とを隔てる扉が開かれた。電光石火――素早く二刀を抜き放った千年守鈴姫が侵入者と対峙《たいじ》する。湯煙に乗じて現われた不届き者を見やる。

抜け駆けだ、職権乱用だと罵声《ばせい》を背に受けているのは長曽祢虎徹だ。

「って何堂々と入ってきてるんですか⁉」

「い、いやその、あれだ。貴公と仕合をする前に某《それがし》も汗を流しておこうと思ってだな」

「それだったら別に今入らなくてもいいでしょう⁉」

「と、とにかくだ！　こうして〝たおる〟で身体を隠していれば問題あるまい。千年守がそうやって入っているのだから違うとは言わせんぞ悠」

「くっ……！」

「姉者先に入るとはずるいではないか」

「和泉守さんまで⁉」

「普段身体を隠したりせんから、なんやめっちゃ違和感あるわぁ……。で、でもこれもすべては悠との距離を縮めるためや」

隊長が入ったのだから私達もとばかりに、ぞろぞろと隊士達が押し寄せてきたことで広々としていた空間が一気に窮屈となる。いくらタオルで隠していても、裸の女性に取り囲まれている現実には変わりない。ここぞとばかりに、悠は千年守鈴姫を頼った。

頼って、リンゴのように顔を赤々とさせた彼の視線の先では上司からセクハラされる部下の構図が展開されていた。

「ん～、相変わらず揉《も》み甲斐《がい》のえぇ乳しとるなぁちーやんは」

「や、やめてよぉ……あんっ！　ボクの胸、んんっ……揉まない、でぇ！」

タオルを剥《は》ぎ取られ露わとなった胸をこれでもかとばかりに揉む鬼神丸国重。異性から見ても彼女の手つきは酷《ひど》く官能的で、しかし涙目になりながらも甘く切ない声を時折もらす千年守鈴姫を見やれば、少なくとも不快感を与えていないことは確かだ。いや、それよりも。

「って何やってるんだお前は⁉」

「何って、胸揉んどるんやけど？」

「いや、それは見ればわかる！」

「まぁまぁ。古来より裸の付き合いはより親密な関係を築けると言うではないか」

「それって言い方を変えたら永久就職強制させられるってことですよね⁉」

「えぇい、とりあえずここまで来たのだから諦めろ悠！　ゆ、夢の混浴を某《それがし》は果たすぞ三日月ぃぃぃぃぃっ‼」

新撰組局長ともあろうものが、随分と小さき夢を抱えていたものだ……などとは口にすまい。異性交遊が皆無であるこの世界では、ちっぽけにしか思えないことでも大望となる。それを馬鹿にする権利は、悠にも誰にもない。

だから、悠は長曽祢虎徹の夢を笑わない。笑わないが、容認することには繋《つな》がらない。

「——なことに」

「ん!?」

「こんなことに喩宇鬼《おれ》を使わせないでもらえますか!?」

結城の歴史上、恐らくは今回が初だろう実にくだらないことで喩宇鬼《ゆうき》と化したことを自覚しながら、悠は未《いま》だセクハラをされている千年守鈴姫を連れて露天風呂から脱出した。

「むっ！　逃げたぞ追えっ！　最初に捕まえた者には某の次に悠を好きにさせてやる権利を与えてやろう！」

「人を勝手に景品扱いするのはやめてもらえませんか!?」

「こ、これは悠きゅんが使っていた手拭《てぬぐ》い！」

「ちょっとそれ寄越しなさいよ！」

「いいやそれは自分のだ。副長命令に従わぬ者は士道不覚悟として切腹を覚悟しろ！」

「……絶対に明日には神威《ここ》を出て行ってやる」

後ろで繰り広げられるやり取りを耳にしながら、悠は客室に閉じこもった。

第七章　古き因縁、新たな因縁

いつもならば出歩く者の肌に容赦なく叩《たた》きつける凍風も、今宵ばかりはすっかり鳴りを潜めている。あたかも、これから死闘が演じられるのだから邪魔にならないようにと、大勢の少女達に取り囲まれた二人を気遣っているかのように。

新撰組屯所より少し離れた平原にて、悠は長曽祢虎徹と対峙《たいじ》する。かつて古戦場だったこの場所が舞台に選ばれたことには特に不服はない。雰囲気作りの大切さを心得ている彼女に悠は感心する。

「なかなか素敵な場所ですね。古戦場に立っている……そう思うと、不思議とわくわくしてきますよ」

「某《それがし》と貴公、刃を交えるのにここほど相応《ふさわ》しい場所はあるまい――念のために聞いておく。悠よ、考えを――」

「ないですね」

真っ向から、ぴしゃりと否定する。

既に終わったことだ。ここまで来て何を今更ぶり返す必要がある。これから二人がやることはただ一つのみ――互いの信念を賭してただ刃を交えるのみ。

すらり、と悠は鯉口を切った。そこまでしてようやく、諦めを顔に示した長曽祢虎徹も己が半身を抜刀する。

「……ッ！」

大刀が正眼に構えられて、悠はその頬に冷や汗を伝わらせながらも不敵な笑みを浮かべる。

（これが、長曽祢虎徹の本当の姿か……！）

餓《う》えた狼とは、よく言ったもの。

戦闘態勢に入った彼女の剣気は正しく獣のソレで、今にも鋭い牙で咽笛《のどぶえ》に喰《く》らいつかんとする餓狼《がろう》の幻影が見えてしまうほどに、彼女の凄烈さを物語っている。

開始の合図を静かに、だが内に闘争心をぎらぎらと燃え上がらせている長曽祢虎徹。本気だ、と誰かが口にしたのを悠は聞き逃さない。

（そうか、虎徹さんは本気なのか。だったら――）

とても戦り甲斐《や　がい》がある。この戦いに手加減は無用の長物。動機が不純であることはまぁ、今回は目を瞑《つむ》ることにして……とにかく。本気で戦ってくれることに悠は深く感謝せねばならない。全力で応えなければならない。結城悠の全力――故に彼が取った構えは必然的に魔剣が選ばれた。あらゆる防御を貫通する双貫《かさねぬき》、更にはそこから派生される幻死《まどわし》がこれより長曽祢虎徹を討つ。

真剣なのだから、勝利が決まった時点で彼女は死ぬ。そうとわかっていながら魔剣《それ》を使うことに悠は躊躇《ためら》わない。当たれば確実に死ぬ、死ぬというのに……はて、どうしてだろうと自らに問うた彼は小首をひねる。

（なんとなく、ではあるが……――）

虎徹さんなら大丈夫な気がする。実に無責任で他人任せな結論だと我ながら呆《あき》れてしまうが、本当にそうなってしまいそうな気がどうしても拭《ぬぐ》えない。同時にそれは、己の魔剣が破られてしまうかもしれないことへの恐れでもあった。

零姫村正《みつるぎのかみ》を打ち破った魔剣が、ひょっとすると……。

（考えるな――）

どうして己が負けることを考える。千年守鈴姫を連れて帰る使命を果せないことは絶対に許されない。ならば負けることを想定するな。絶対に勝つことだけを考えろ。そう自分に言い聞かせながら、悠は呼吸を整える。

ちらり、と横目にて和泉守兼定に合図を促す。静かに首が縦に振られた――承諾の意と理解した悠の意識は、この時点で今度こそ長曽祢虎徹のみへと向けられる。これより先は瞬きの一つも許されない。勝負は恐らく、一瞬で決着がつくだろう。その一瞬を自分の好機としない限り、悠は長曽祢虎徹には勝てない。

絶対に機を見誤るな。限界までかっと目を見開く。

「それではこれより結城悠、長曽祢虎徹による仕合を開始する。両者、準備は大丈夫か
――ならばっ……始めいっ!!」

開戦の合図。刹那、悠は先の先を取った。

脇差の投擲《とうてき》に、あっと声を上げたのは加州清光だった。当然何も知らない隊士達はどうしたのか、と彼女を揃《そろ》って見やる。

それもそのはず。彼女達は悠の魔剣を知らず、加州清光は旧池田屋での戦いで唯一の目撃者なのだ。悠の魔剣の性質を知っているからこそ、この場にいる誰よりも詳しいのは当然で。それであるが故に彼女は強い焦燥感に駆り立てられていた。

防御を貫通する点においては、鬼神丸国重の刃戯《じんぎ》――物理防御であればあらゆるものを貫通する絶剣《ぜっけん》・穿《うがち》と同質であった。工程では悠の方が多いものの、突いて穿つこと自体はまったく同じ。物理防御であれば、鋼鉄の鎧《よろい》だろうと難なく貫いてしまう。それが自身の姉へと向けて放たれたとあれば。

「虎徹姉避けて！　悠さんのその魔剣は――」

必然。回避することを促す。

「もう遅いよ」

冷静でどこか嬉しそうに千年守鈴姫が口を挟んだ。時同じくして、悠も自らの勝利を確

信する。

もう遅い。脇差と敵手の心臓との距離は間もなく無《ゼロ》となる。未《いま》だ平正眼に構えたままの長曽祢虎徹の選択肢から回避は除外された。ならば残されたのは防御で……その時こそ、結城悠の魔剣が真価を発揮する時。

勝てる、と。悠は次に放つ刺突《つき》に全力を込めた。後はこのまま切先《きっさき》を突き出せば、すべてが終わる。俺が勝って、鈴を連れて明日にはこの極寒の環境とも別れを告げられる。

（どうか死なないでくださいよ、虎徹さん！）

長曽祢虎徹が動いた。構えに一切の変化はない。動いたのは身体にあらず、凛とした顔立ちを形成する彼女の口。すぅっと静かに凍風《さんそ》が肺へと供給されたのを視界に捉えて――

「があぁぁあっ!!！」

――次の瞬間。悠は宙を舞うこととなる。

目まぐるしく景色がぐるぐると回って天地《じょうげ》の感覚が掴《つか》めぬまま、背中から雪原に叩《たた》きつけられたことでようやく彼の視界は安定する。とはいっても、今の悠にはあらゆる景色がぼやけて映し出されていた。異常がきたしているのは視覚だけに留まらない。叩きつけられた衝撃で五体が痛みを訴えているのはもちろんのこと、耳が拾う音がすべて濁って鼓膜に反響している。

故に――。

「――最初から見えていた勝負だったのだ……悠が姉者に勝てるはずがない」

さも当然のように言い放った和泉守兼定の言葉さえも悠には届かない。

「な……にが……」

たった一瞬で満身創痍《まんしんそうい》にされて、されど必死に意識を保たせる傍らで悠は沈思する。

長曽祢虎徹は何もしていない。ただ、大きな声で叫んだだけ。いや、あれをそもそも人の叫び声と認知してよいものなのか。どちらかと言えば獣……それも飛びっきり凶暴な猛獣の咆哮《ソレ》を彷彿させる。

いずれにせよ、大声で人間を吹き飛ばすなど物理法則的に不可能だ。その不可能を可能としたのが長曽祢虎徹で、彼女の刃戯《じんぎ》が先の咆哮《ほうこう》と絡んでいると予測するのは実に容易《たやす》い。

それはさておき。

「ぐっ……がぁぁぁっ……！」

立ち上がる。たったこれだけの動作にムチ打たねばならぬほどに、悠の肉体は激しく損傷していた。

未《いま》だ耳は正常に音を拾わず、視界もブレている。しかし長曽祢虎徹を含めて周囲のどよめきを感じれば、恐らくはこうして立ち上がることを誰も予測していなかったと見える。

お生憎様《あいにくさま》、とばかりに不敵な笑みで返してみせた――もちろん、その場しのぎのやせ我慢でしかない。こうして立ち上がっていること自体が奇蹟に近しいのだから。

「────」

立ち上がることしかできない。辛うじて握っている大刀は今にも手から抜け落ちそうなほど指先に力が入っていない。これ以上の行動は危険であると判断した脳が即座に活動停止命令を全身に下している。

（あぁ、多分そうだ──）

このまま倒れて気を失っておく方がきっといいに決まっている。

真剣勝負なのだから重傷を負うのは最初から承知済み。長曽祢虎徹をここで恨むのは筋違いにもほどがある。恨んだりはしない。これは双方合意の下で行われた仕合だ。卑怯《ひきょう》も異能も、あらゆることすべてが許された実戦である。

そこで傷を負わされたからと抗議するのは、お門違いも甚《はなは》だしい。

すべてを受け入れよう。だからと言って──

「……けるな！」

──結城悠は倒れることをよしとしない。

発した言葉は己自身へと向けて。落ちようとしていた意識を、辛うじてのところで踏み止まらせる。

倒れない。倒れられるわけがない。周りが許しても俺が誰よりも一番許せない。高天原《たかまがはら》に来てから二度も誓いを破った。これ以上は絶対に破らないと誓いを新たにしておきながら、どうして破ることができよう。

すべては是が非でも取り戻さなければならない大切な存在《もの》のため。

「ふざけるなっ!!」

俺は絶対に鈴を連れて帰ってみせる。その一心が悠の気力へと変換され、彼の肉体もそれに応じんと奮い立っていた。

「まだだ……まだ戦いは終わっていない！　ここからだ、ここからが本番だ……！」

驚愕《きょうがく》冷めやらぬ周囲を他所《よそ》に悠は地を蹴り上げた。


長曽祢虎徹へと挑む悠には一様に怪訝《けげん》な眼差しが向けられる。果たして身体のどこにそれだけの力が残されていたのか、と。立ち上がるまで、確かに悠は死に体に等しいダメージを負っていた。それでも彼が立ち上がった瞬間にはどよめきの中に歓声が混じっていたし、尚かつ受けではなく長曽祢虎徹に避けさせた一撃まで放てば巻き起こるのは驚愕以外であろうはずもなく。

「こんな、ことが……！」

信じられない。まるで全員を代表したかのように和泉守兼定が呟《つぶや》く。

長曽祢虎徹の刃戯《じんぎ》――虎砲《こほう》は声量に応じて強力な衝撃波を生み出す。即ち、もし生身の人間が本気の虎砲《いちげき》を喰《く》らったならたちまち五体はバラバラに吹き飛んでいる。

よって先の咆哮《いちげき》を受けても悠が生きているのは、長曽祢虎徹が手加減をしたからに他なく。魔剣を封じ敵手の無効化を目的とするならば充分な威力なのだ。

だが、それでも悠は立ち上がってみせた。そればかりか刀を握り締めて果敢にも挑んでいる。目の前で起きている現実を、和泉守兼定は白昼夢を見ているかのような錯覚に襲われていた。

(結城悠……お前は本当に――)

何者なんだ。片膝を突き、大刀を杖のようにして身を預ける剣鬼に和泉守兼定は心中にて問い質した。


誰しもが固唾を飲んで見守る中、悠は乱れた呼吸を整えることに全神経を集中させていた。なんとか堪えられていた痛みも、肉体が制止を掛けるまでに悪化している今では、刀を振るうことすらも悠には至難の業に等しい。

それでも尚、長曽祢虎徹を見据える瞳からは闘志の炎が燃え上がっている。

もう闘う必要はない。そんな声がどこからか聞こえた気がした。

(まだだ。まだ、俺は……)

脇差を失い、残る大刀を振るう体力はもう限りなく零《ぜろ》に近しい。この状態から導き出される答えが絶望的なのは、自分が何よりも理解している。

長曽祢虎徹すらもすっかり構えを解いていて、観戦していた隊士達に治療の指示をてきぱきと出している始末だ。

そう、もう仕合は終わったのだ。なんとも短く、しかし全員のド肝を抜かせただけでも悠はこれほどなく健闘した。そう讃える者は決して少なく……いや、全員が賛辞を送っている。誇ってもいい、お前は真の武士である……と。

「ま……だだっ！」

素直に受け取る悠ではない。

悠はまだ二本足でしっかり立っている。右手で刀を握っている。

戦える。それなのに勝手に終わらせようとする彼女達には怒りにも似た感情を悠の胸中に芽生えさせた。恐るべき屈辱に両肩を戦慄《わなな》かせて、悠は対戦相手を睨《にら》みつけた。

その目には、どこか悲しげな顔を示した長曽祢虎徹が映っている。それが余計に、悠に屈辱を与えていることをどれだけの数が理解していようか。おどおどしながらも彼に戦うことを止めるよう促している時点で皆無であることが察せられる。

真剣勝負と宣言しておきながら手加減をされて、挙句の果てには憐れむような顔まで向けられたのならば。これに怒らぬ結城悠ではない。

そうとは知らぬ様子で長曽祢虎徹が口を開く。発せられた言葉は慈愛に満ちていた。

「……貴公は生粋の剣鬼なのだな。正直に言うとだなぁ悠よ、これ以上某《それがし》は貴公と戦いたくはない。貴公は充分すぎるほどに戦った。だからもう、ここで終わりにしよう。この仕合は貴公の負けだ」

「……勝手に、終わらそうとしないでもらえますかね。ここからじゃないですか……虎徹さん」

「悠……？　貴公は何を――」

そこから先の言葉は、奇しくも彼女より噴き出た真っ赤な花弁によって紡がれることとなる。

悠は何もしていない。ただ横薙《よこな》ぎに払ったのみ。両者は互いの得物が届かぬ位置にいるにもかかわらず。距離を無視した閃光《せんこう》と見紛う悠の一刀が、長曽祢虎徹の左肩に虎落笛《もがりぶえ》をぴゅう、と奏でさせた。

「鳴守真刀流先代当主、結城龍翔《ゆうきりゅうしょう》が魔剣――名を是《これ》、虚死奏《こくしのそう》と云《い》います。まだ終わっていない……そう言ったはずですけどね、虎徹さん」

「なっ……！」

左肩を庇《かば》う右手を真紅に濡《ぬ》らした長曽祢虎徹の顔が強張り、それを見た悠はにこりと嗤《わら》う。どこまでも冷たく、慈悲の欠片《かけら》もない。斬殺することを明らかに楽しんでいる冷笑は周囲を大いにざわめかせた。こと一部に関しては顔を青ざめさせている。

「あ、あの顔や……。またあの顔になりよった！」

「私の悠きゅんがっ!!　でも、やっぱりいい！」

「言ってる場合じゃないよ！　すぐに止めなきゃっ！」

各々が反応を示す中——今の彼のどこに興奮する要素があるのか、厠《トイレ》へと走っていった隊士には疑問が尽きない——千年守鈴姫が両者へと駆け寄る。

長曽祢虎徹が言ったように、この仕合はもう終わっている。勝ち負けでの話ではない、このまま戦闘が続行されたら悠が鬼へと堕《お》ちて、そうなれば誰かが斬殺されるまで彼は衝動に駆られるがままに鬼剣を振るってしまう。

己の仕手が勝つことは当然、愛刀たる彼女にとっても喜ばしい。されど誰かが死に、自らが犯した過ちに苦しむ仕手の姿を見てまで、千年守鈴姫は悠が勝利することを望んだりはしない。

だから止める。絶対に彼を鬼に堕としてなるものか。仕手……想い人を守ることこそ愛刀の本懐なのだから。


千年守鈴姫が駆け出したこの時でも、悠の凶刃は長曽祢虎徹を仕留めんと猛威を振るっていた。

未《いま》だ赤い滴を指先から滴らせた左腕をだらりと脱力したままで、残った片腕のみで長曽祢虎徹も応戦する。片腕しか使えない状況も確かに彼女が後手に回る要因だが、真の理由は別にあった。

　悠の剣は、膨大な殺意の塊であるが故に意が読めない。

　即ち、達人であればあるほどに重要とされる先読みが使えないのだ。

　したがって、目視と即応能力のみが彼の剣を破る手段で、それが無辺の砂漠からたった一粒のダイヤモンドを探しだすぐらい極めて困難であることを、彼と対峙《たいじ》した者は覚悟せねばならない。無我の境地と対極たる彼の剣は正しく修羅の業なのだから。

「これが……貴公の本当の剣なのか、悠よ！」

　悠の剣は弱者を守るためにある。そう報告を受けていた長曽祢虎徹は深く感嘆したものだった。

　守るべきものがあるとなしでは、大きく話が変わってくる。いわゆる精神論と呼ばれるもので、経験と技術がすべてである戦場においてなんの戦術的優位も持たないと捉える者は決して少なくはなく、されど長曽祢虎徹の考えは逆だった。

　守るべきものがある者は強い。そこには性別すらも関与できない。

　今の悠の剣は、誰を守るためにあるのだろう。当然、千年守鈴姫に決まっている。彼女を連れ戻すためにこの仕合が成立されている――果たして、本当にそうか。長曽祢虎徹の疑問と困惑はここにあった。

凄烈な殺気が飛んでくる一刀を捌《さば》くのは容易ではない。しかし経験の差が長曽祢虎徹を後押しした。悠以上に実戦経験を積んでいる彼女だからこそ、本命の太刀筋に自らの剣技で応酬している。

その都度に、長曽祢虎徹の疑問と困惑は強まるばかりだった。

「どうしたんですか？　息が乱れていますよ虎徹さん」

「くっ！」

地が爆《は》ぜるほどの力強い踏み込みと唐竹斬りに、長曽祢虎徹は転がるようにして彼の凶刃を避けた。

相手は結城悠だ。ただの男であったなら片腕だけでも受け止めるばかりか、弾き飛ばすこともできよう――が、剣鬼の一撃を受けることは危険だと本能に突き動かされるがまま、長曽祢虎徹も自身の本能に逆らうほど馬鹿ではない。結果として身を委ねた彼女は回避することを選んだ。

「よく避けましたね。今のはもっと前の……三代目当主が得意とした魔剣――えぇっと、確か名前は骸割《むくろわり》だったかな。とりあえず、刀ごと断ち斬るつもりで打ったんですけど、避けられちゃいましたね」

くすりと、悪戯《いたずら》が失敗した童《わらわ》のような笑みに長曽祢虎徹の頬がひくりとつり上がる。

この男はいくつ魔剣を会得しているのか。

魔剣とは一代限りの術理であって、完全なる会得が不可能だからこその強みだというのに。剣鬼はその法則を根底から崩している。ありえない、ありえないが……実際にこう何度も魔剣《わざ》を披露されては信じるしか他なく。だが、やはり納得できない。

「いいですね。やっぱり、斬り合いというのはこうじゃないと……」

「くぅうっ……!!」

「いい……すごくいいですよ。さすがは長曽祢虎徹さん、新撰組局長です」

守りの剣から殺人の剣へ。嵐の剣戟《けんげき》に長曽祢虎徹も徐々に防戦へと追い込まれる。

数合の打ち合いの後、鍔《つば》迫《ぜ》り合いへと持ち込んだ悠は静かに冷笑を浮べつつ賛辞を送る。

「さすがですね。最初に見せた魔剣《わざ》……初撃だったら絶対に避けられないはずなんです。でも、虎徹さんは辛うじてですけど避けた。だから首がまだ繋《つな》がっているし、こうして俺と戦っていられる」

「っ……恐ろしいことを、口にしてくれるな悠よ」

「本当のことですから」

事実、彼の言葉は嘘ではない。

喩宇鬼《ゆうき》の一族は自らを戦闘用の肉体に作り変える術《すべ》を編み出した。仕合前に気を引き締める、という言葉があるが彼らのそれはそんな生易しいものではない。文字通り、肉体そのものを作り変える。

躊躇《ためら》わぬよう心を殺し、心臓が活動停止するまで刀を振るっていられるように呼吸すらも必要としないように……それをまるで人形と例えても、決して間違いではない。

ただ、戦うことだけを目的として動く存在など、人と呼べはしない。もっとも、激しい斬殺衝動に駆り立てられた笑みは邪悪そのもので、これもまた人形と例えてもよいものか怪しいところではあるが。

結城――喩宇鬼《ゆうき》の血を宿す悠も、誰からも習うことなくこの術《すべ》を会得している。だが、これだけに留まらなかった。

先祖返り――先祖の遺伝子上の特徴が子に現われることを意味する。その中で彼に現われたのが、名を【魔剣目録《まけんもくろく》】――初代から先代、あらゆる時代で猛威を振るった魔剣を完全再現できる。

これこそ、彼が先代《ちちおや》に最高傑作と言わしめるに至った要因にして、では彼に匹敵する武術家はもうこの世には存在しないのでは、と唱えられる度。悠は決まってこう答えを返す。

違う。俺は喩宇鬼《ゆうき》ではない、と。

幼き身に重く圧し掛かる現実は、悠の《の》心を苦しめた。どうしてこんな家の子供として生まれてきてしまったのか。自身の出生にすら疑問を抱き、それでも彼がまっすぐ人道を歩めたのは母と妹の存在が、やはり一番の理由となろう。

二人がいたからこそ、今の結城悠がいる。だから俺は喩宇鬼《かいぶつ》にはならない。

その誓いを今日だけで二度も破った。しかもどちらとも誓いを立てた愛刀《ほんにん》の目の前で。

たとえそこに正当な理由があったとしても、破ったという事実まではどう足掻《あが》こうと覆せない。

なんと重みのない、口先ばかりの誓いだろう。これより先、自分が誓いという単語を口にしたところで他者からの信用など到底得られたものではない。

それでも悠にはなさねばならぬ大業があった。

それを果たすためであれば、一個人の信用が地に落ちようと痛みなどない。甘んじて受け入れる覚悟があるから、打倒長曽祢虎徹を掲げて悠はあえて自らを喩宇鬼《かいぶつ》へと堕《お》とした。

結城悠へと戻る時は、長曽祢虎徹が地に伏す以外に方法はない。

太刀打ち、返され、また間合いを空ける。

「やっぱり、斬り合いっていうのはこうじゃないといけませんよね。あの魔剣《わざ》は俺の性に合わない。そもそも虚死奏《くしのそう》は俺のご先祖様が使っていたものなんです。殺気を当てて脳に斬られたと誤認情報を発信させ肉体にも影響を及ぼさせる……ほらっ、梅干を頭の中で連想すると口の中に唾液が溜まりますよね？　あれと同じ原理ですよ。ただ、この魔剣《わざ》の欠点は斬った感触を術者が得られないことなんです」

斬った感触を得ずして勝ちたいのならば、それこそ飛び道具に頼ればいい。安全な場所からの攻撃なら生存率もぐんと上がるし、狙いを定めて撃つ……たったこれだけの工程で殺せるのだから、武術ほどの修練もそこに費やす時間も必要ない。

だからこそ、つまらない。

飛び道具に頼るならば何故最初に剣を握った。剣士たるものがそんな考えを有している時点で剣を握る資格などとうになく、悠も無言で嘲笑する他ない。

「さてと、おしゃべりはここまでにしましょうか。続き、もちろんしてくれますよね？」

「……まったく、某《それがし》も我慢してきた方だがそろそろ限界のようだぞ悠！」

猛虎が吼《ほ》えた。嬉々とした顔さえ浮かべて剣鬼へと白刃を振るう。

あぁ、これだ。これこそ俺が求めていたものだ。今長曽祢虎徹が本気で戦ってくれている。結城悠を一人の男としてではなく、本気で討ち取らん相手として認めてくれている。

まるで雑用係だったのが主役との共演を許された役者へ。雪原を舞台に演じられる竜闘《りゅうとう》虎争《こそう》の演劇は観客達の心を掴《つか》み、彼女らもまた終劇が訪れるまで固唾を飲んで見守ることを徹底としている。

ただ、たった一人の部外者が彼らの舞台へと乱入を果たした。千年守鈴姫である。

「いい加減にしてよ主《あるじ》も、局長も!!」

「ち、千年守っ⁉」

「……っ！」

「これじゃあ本当の殺し合いじゃない！　二人がやっていたのは仕合なんでしょ⁉」

双方からの刃を受け止めた少女が、がぁっと唸《うな》る。その一喝によって長曽祢虎徹から急速に気が薄れていくのを察した悠も舌打ちを一つして、得物を下げた。

戦意がなくなったのなら、もう先のような死闘は期待できそうにもない。俗に言う興醒めというやつだ。本気を出せなくなった相手と刃を交えることに意味はない。

それはそうとして。

（なんできた）

悠は千年守鈴姫を睨《にら》んだ。何故邪魔をした。これはお前のためでもあるんだぞ。

そんな眼差しを前にしても愛刀は怯《ひる》むことなく、逆に睨み返してくる。彼女もまた怒っていた。むろん、悠と千年守鈴姫の怒りの性質はまったくの別物で、またしても非が完全に自分にあることから悠は口上を述べることなく、傾聴する姿勢に入る。

「悠、また約束を破るの？　ボクのために喩宇鬼《ゆうき》にまでなってほしいだなんて一言も言ってないよね⁉」

「…………」

「ここで悠が勝ったって……ボクはちっとも嬉しくなんかないよ」

両手で顔を覆い泣き崩れた彼女。鬼を斬ったあの勇敢さは見る影もなく、そこにはただか弱い一人の少女としての姿があるのみ。誰しもが口を閉ざして静観している。この結末がどこへ向かおうとしているのか。口に出すことなく、されど悠と長曽祢虎徹に向けられた眼差しには確かに、そう二人に尋ねられていた。

（どうするか……だと？）

何を知れたことを。当然中止するしかない。だが、そうなるとこの勝敗は誰のものとなる。初撃で優位に立っていた長曽祢虎徹か、それとも後半から巻き返した自分か。悠は己が勝利したなどとは思わない。逆に彼女が自らの勝利を宣言するとも考えにくかった。

ならば第三者による判定はどうだろう――それもあまり有効的ではない。仮に結城悠が勝利したと彼女達が下せば男をみすみすと逃すことになる。では逆に、長曽祢虎徹が勝利したとして……彼女の顔を見やれば、自らの勝利と納得している様子は皆無だ。

（じゃあ今回はドロー……か？）

引き分け。なんとも曖昧な結末だが、この場においてはこれが一番しっくりとくるやもしれぬ。

悠の思惑に感づいたであろう長曽祢虎徹もまた、納得したような吐息を一つもらす。

「……悠よ」

「ええ、多分……俺の考えと同じだと思いますよ」

「そうであろうな。この仕合は、どちらの勝利とも言えぬ——引き分けだ」

「でしょうね……」

「……もういっそのことこのまま残らんか？」

「遠慮しておきます」

「ええ、悠さんは私達桜華衆《おうかしゅう》の一員です。勝手な勧誘はやめていただきましょうか」

悠に賛同する声に周囲がわっとざわめく。

（どうして……）

　悠の問い掛けは、誰に向けられたものではない。いや、向けるべき対象はあった。弥真《やま》白《しろ》で待っているはずの小狐丸をはじめ、行き先を告げていないはずの三日月宗近、童子切《どうじぎ》り安綱《やすつな》、大典太光世《おおてんたみつよ》の四名。

たるんだ糸をぴんと伸ばすかのように、ようやく穏やかさを取り戻しつつあった空気は再び緊張で張り詰められる。

◆　◇　◆　◇　◆

来客者を温かくもてなすはずの客間は、この日。絶対零度《れいど》が如《ごと》き空気に包まれていた。

その原因たる数名の少女は、客間へと足を踏み入れてから一時間。言葉一つ発することなく、ただただ睨《にら》み合っている。部屋と廊下を分け隔てている襖《ふすま》はほんの少し開かれていて、その隙間からおどおどした様子の隊士達が事の成り行きを見守っていた。

そして、唯一布団に横たわっている青年の顔色は見るからに優れていない。


今の彼の状態を指し示すのならば、最悪を除いて相応《ふさわ》しい言葉もなかろう。現に悠は全身打撲と診断されていて、そのせいで包帯と湿布で全身をコーディネイトすることを余儀なくされている。

絶対安静と指示されたならそれに従う他なく、視界いっぱいに映される光景も天井だけとは随分とつまらない。無茶した結果がこの様で、周囲にも迷惑をかけている自分が口にして言えたものではないが。

怪我《けが》をして身動きが取れない草食動物は、瞬く間に肉食動物の餌食となるように、今の悠も正しく格好の餌だ。満足に動かない五体では、現在進行形で彼の身体をべたべたと触っている――手つきが以前よりもいやらしくなっているのは、気のせいだと思いたい――狐耳娘を追い払うことも叶わない。

幸いなのは怪我人に対する配慮を彼女達――小狐丸は除外される――が心掛けてくれていたことと、この場に蛍丸《ほたるまる》がいないことが悠にとっては何よりも救いだった。

それはさておき。

両者に挟まれて横たわる悠など、まるで眼中にないと言わんばかりに睨み合っていて
――ついに、固く閉ざされていた口が開かれる。最初に沈黙を切ったのは長曽祢虎徹だ。

「……何をしに来た、と聞くのは野暮か」

「ええ、こちらの用件はただ一つ。そろそろ悠さんを本土へと連れて帰らせていただきます」

「断る」

きっぱりと断った長曽祢虎徹に、ぴくりと三日月宗近の眉がつり上がったのを悠は見逃さない。彼女は怒っている。故にいきなり斬り合いが始まるのではなかろうか、との不安が胸中に渦巻いて彼は――ただ傍観に徹する。いや、そうせざるを得なかったのだ。

（なんてプレッシャーだ……！）

ぴりぴりと張り詰めた空気の中で今も続く闘気の応酬に、とうとう耐えられなかったのだろう。誰かが短い悲鳴をもらした。同感だ。この禍々《まがまが》しくも鋭い剣にも似た気が満ちる中で平然としていられる人間もそうそうおるまい。それ相応の修羅場を潜《くぐ》り抜けてきたと自負していた悠でさえ、辛うじて保つことに成功している。

桜華衆《おうかしゅう》と新撰組、両者に挟まれる悠の表情は強張っていて、頬に一筋の冷や汗を流している様を見やれば、一触即発の中に置かれている緊張感漂う話し合いであることは安易に

察せられるだろう。

　では彼女らを止めるか。怖い顔をせず姉妹なのだからもっと穏やかに話し合え、と。平和的解決を提案することがいいのかもしれない。

　答えは否だ。素直に耳を貸すとも考えにくいし、動けば首を刎《は》ねられる——そんなありもしない、しないがそう錯覚を憶えてしまった肉体が待ったを掛けている以上、悠は己の本能に従うことを選択した。

「悠は既に新撰組の一員だ。誠の羽織を羽織っているのがなによりの証。そうだろう悠よ」

「……悠さん？」

「俺は誓って体験入隊しただけで正式には入ってません！　本当です！」

　即効で羽織を脱ぎ捨てる。まるで裏切り者とでも言いたげな眼差しが向けられるが、悠にしてみれば知ったことではなかった。そもそも着用を義務付けられていたのは、あくまで仮入隊期間のみで、それもとうにすぎている。ならば悠にはもう着用する義務も、強要される言われもない。

（違和感がなさすぎて忘れてたな……）

　悠はすっと長曽祢虎徹から顔を背けた。

「……悠さんは自らの意思で桜華衆《おうかしゅう》に入りました。それと人の恋人に手を出さないでもらえますか？」

「いつ君の恋人になったんだい？　まぁそれは後で話し合うとして、いい加減悠の休暇も終わる頃なんだ。そろそろ帰ってきてもらわないと、色々と爆発しそうだからね」

「て言うかさっさと帰らない？　寒すぎて光世マジで凍え死にそうなんだけど」

「貴様は精進が足りんだけだ光世」

「こちらとしても悠を返すつもりは毛頭ない。それに千年守鈴姫が新撰組にいる以上、悠は脱退せんよ」

「……いつから新撰組は人質を取る外道衆へと堕《お》ちたのですか？」

「人質ではないぞ三日月。千年守は正式に入隊した新撰組隊士であり、某《それがし》自身も千年守の腕は買っているから手放すつもりはない。そして彼女は悠が元いた世界の愛刀だというではないか。ならば一人が新撰組《ここ》にいることに、一体どんな問題があると言うのだ？　悠としても己が愛刀が傍にいることに不満はなかろう」

「それは――」

「話になりませんね」

三日月宗近が悠の言葉を遮る。すっと立ち上がった彼女の右手は静かに、それでいて敵意を露わにして己が半身たる刃へと掛けられる。それに続くように残る三人も得物に手を掛けたところで、ようやく、悠は事の重大さを理解する。あろうことか彼女達は己が姉妹を本気で手に掛けようとしているのだ。

当然、この緊急事態を前にして黙っていられる新撰組ではない。それまで怖気付き悠と同じく傍観に徹していた彼女らもまた、抜刀して客間へどかどかと踏み込んでくる。

あっと言う間に四対多数の構図ができあがった。

相手はあの最強剣客集団にして誰しもが名刀級だ。ただの人間である自分であればまず生き残れる可能性は皆無。十人……いや、集団戦法を得意とする相手に一人倒せるかも怪しい。それぐらいこの状況は悠にとっては絶望的であり、では四人もそうなのかとゆっくりと見やった彼の顔に浮かんだのは、とても単純な感情《もの》である。

驚愕《きょうがく》――余裕の笑みすらも浮かべている三日月宗近達に悠は驚きを禁じえなかった。

ふんと鼻で一笑に付した童子切り安綱。これが我ら天下五剣であり貴様らとは次元が違うのだ、と。不敵な笑みを浮べる彼女の顔はまるでそう語っているかのようで、同様に他の面々も早くかかってこいと言わんばかりで見据える。天下五剣――プラス名刀が一振《ひと》り――の格の差を表現するのに、これほど適したシチュエーションもあるまい。

しかし。

「ちょ、ちょっと待ってください！　勝手に話を進めないでくださいよ！」

長曽祢虎徹との仕合は引き分けに終わっている。つまり、まだ決着がついていないのだから彼女と戦う権利は己にあると悠は主張する。

そんな主張に対して、悠に向けられたものは優しい眼差しだった。

床に伏せねばならぬほど、悠の身体はぼろぼろだ。そんな状態だというのに自身が戦うとのたまうものだから、三日月宗近達も困惑の表情を彼に示している。

「駄目ですよ悠さん。いくら悠さんが強いといっても人間なんです。手加減されていたとはいっても御剣姫守《みつるぎのかみ》の刃戯《じんぎ》を受けたことには変わらない。意識をこうして保てていること自体が奇蹟に近しいのですよ？」

「で、でも俺はまだ……！」

「わかっています。ですから……長曽祢虎徹。同じ生みの親を持つ者として、姉妹として、桜華衆《おうかしゅう》を束ねる者として。あなたに一つ提案があります」

「提案……だと？」

「悠さんに代わり、この私と仕合なさい。もし私に勝つことができれば悠さんを大人しく差し出します。ですが私が勝てば悠さんとその愛刀……確か、千年守鈴姫さん、でしたか。お二人を返していただきます」

「なっ……!?」

「元より某《それがし》らは三日月宗近、貴公らとの再戦をずっと望んでいた……あの時の屈辱、今こそ晴らさせてもらうぞ」

「決まりですね」

「ちょ、ちょっと二人とも勝手に話を――」

「結城悠。貴方の気持ちが充分にわかります。ですが桜華衆《おうかしゅう》の一員たるならば、上司の命令には従いなさい」

「しょ、職権乱用じゃないですか⁉」

「身を弁《わきま》えろ悠。そして我らの気持ちも汲《く》み取れ。貴様はもう、貴様だけのものではないのだ」

「そゆこと。天下五剣命令だから」

「付け加えて君の隊長としても命令するからね」

「くっ……」

「すまんな悠。確かに貴公と刃を交えたこの夜は本当に心躍るものだった。だが、今は貴公よりも討たねばならぬ者達がいる。それが終わるまで辛抱してくれ」

「……はぁ」

そうまで言われてしまっては、悠にはもうどうすることもできなかった。

上司からは命令され、白黒はっきりとさせたいと願っている相手の眼中には既に彼は収まっていない。

遥か以前から雪辱を晴らしたいと願って止《や》まない相手が目の前にいるのだから、この機を彼女が逃すはずもないし、優先順位にも当然変動が生ずる。

自分でも同じ状況であれば同じことをするという自覚があるから、悠はそれ以上何も言えなかった。

「安心してください悠さん、必ず貴方と愛刀を新撰組から解放してみせますから。そして……長曽祢虎徹、あなたが二度と悠さんと刃を交える日は訪れませんよ――明朝までに、しっかりと身体を整えておいてください」

「……今すぐ始める、とは言わんのだな」

「あなたは悠さんとの戦闘で傷付いています。負傷しているあなたを倒したところで意味などありませんし、それに自己治癒能力がずば抜けているあなたなら明日までに完治するのは容易《たやす》いでしょう」

「……後悔するなよ三日月」

「こちらの台詞《せりふ》です」

殺伐とした空気だけを残して、ぞろぞろと退室する隊士達……いや、鋭き眼光をした餓《う》えた狼の群れを悠は呆然《ぼうぜん》と見送った。

ただ去り際に、誰のものともわからぬかすかな声だけが悠の耳に残された。

――絶対に、私のものにしてみせますから……――

長曽祢虎徹達が退室してから、程なくして。

（まずいな……）

内心では滝のような冷や汗を流しながら、悠は天井を一心に見つめた。身体こそ満足ではないが、首を動かすだけならば特に支障はない。それでも彼が天井をじいっと凝視しているのには、他ならぬ理由があった。

怒っている三日月宗近達の顔を見ることを、悠は恐れていた。新撰組が退室したあたりから優しさが消失して、今では敵を見るかのような冷ややかな眼差しだけを四方より飛ばされている。

それを直視するだけの勇気がなかったから、せめてもと目線だけでも合わさぬようにした。

こんなものは苦肉の策だ。その場凌ぎにもなりはしない。けれども少しでも逃れたい。ただそれだけのために、悠は正面を普段以上に見つめ続けた。

「悠さん。どうして私達が怒っているかわかっていますか？」

「……心当たりが多すぎて正直どれが正解かわからないです」

「それならすべてが正解です。まったく……どうしてあなたはいつも自分を大切にしないんですか」

「……すいません。でも、こうなってでも戦う理由があったんです。それについて俺は謝るつもりはありませんから」

「相変わらずだね。そこがいいんだけど」

「……小狐丸。お前はそろそろ布団から出てくれないか？」

「嫌だね」

「先程から何をしてるんですか小狐丸！　いい加減悠さんから離れなさい！」

「まったく！　は、悠の身体にべたべたと触るなど羨ま……けしからん！　御剣姫守《みつるぎのかみ》ならばもっと相応の立ち振る舞いをだな！」

「じゃあ光世も抱きついちゃおっと！」

「み、光世!?」

「と、殿方にそうべたべたと身体を密着させるものではありません！」

「むむっ、なんだか肉付きが私好みになっている気がする」

「小狐丸!!」

先程とは違った意味で客間が騒がしくなった。遠慮なしの小狐丸を二振《ふた》りが引っぺがしに掛かる。

「いつまで悠さんに抱き着いているつもりですか!?　そんな羨ましいこと、許しませんよ!?」

「わ、私は悠と一心同体なんだ！　絶対にこの手は離さないぞ！」

「えぇい、聞き分けのないやつだな貴様は!!」

取っ組み合いの喧嘩《けんか》が始まった……怪我人《けがにん》が寝ている布団の上で、だ。

どすんばたんと激しい攻防が繰り広げられて、一番の被害者が結城悠であることをこの娘達はすっかり忘れてしまっている。引っ張る力とそれに抗う力。これらが統合した結果はすべて、結城悠へと向けられる。要するに、ただでさえ痛い所が更に痛くなった。

「イタタタタッ!! ちょ、三人とも……やめてくれっ!」

「ほら悠が痛がってるじゃないか。早く離れなよ二人とも」

「どの口が言う！ 貴様が離れればそれで済む話だろう！」

「……じゃあなんでさりげなく悠の身体に触ってるのかな？」

「安否確認だ！」

「ど、どうでもいいから――」

「いい加減に離れてください!!」

ここにきて、彼女らの争いに新たな乱入者が声を荒げた。千年守鈴姫である。ただ、彼女によって痛みから解放された悠の瞳は酷《ひど》い困惑の感情《いろ》を指し示している。

怒っている。いや、これをただ怒っていると形容してよいのかどうかすらも、悠はわからない。既に抜刀し、あまつさえ今にも斬り掛からんとする愛刀の顔は、まるで鬼……般若。嫉妬と恨みが強くこもった女の顔を般若と言うのならば、今の千年守鈴姫はそれそのもの。

怒った顔も見た。泣いている顔も見た。笑っている顔も見た。神威で再会を果たしてから、短い時間なりにも彼女のことをたくさん知ることができたと悠は思っていた。

それが自身の驕《おご》りだったと思い知らされて、だが動くことすらままならぬ状態では彼女を止めることも叶わない。

故に――やめろ、と。言葉だけが悠に残されたたった一つの手段だったのに対して、現実はそんな彼の努力をも無慈悲に一蹴する。

千年守鈴姫は止まらない。ゆらり、ゆらりと不気味さを表わす歩法は確実に獲物を仕留めんとする気概が具象化されている。

一方で、四人の態度は未《いま》だ平然としている。

自分達と同じ御剣姫守《みつるぎのかみ》と対峙《たいじ》しているのにもかかわらず。まるでかわいらしいものを愛でるかのような優しさすら彼女達にはあった。それが、気に食わなかったのだろう。般若の面を不動明王へと変えて、千年守鈴姫の切先《きっさき》が三日月宗近らに狙いを定めた。

「さっきからなんなんですか？　ボクの主《あるじ》に馴《な》れ馴れしすぎるんじゃないですか？」

「……そう言えば自己紹介がまだでしたね。私は三日月宗近と申します。既にご存知かもしれませんが、桜華衆《おうかしゅう》を束ねる者の一人であり、悠さんとはよいお付き合いをさせていただいています」

「よい、お付き合い……？」

「いや違うから。違うからな鈴。真に受けるなよ」

「三日月の言っていることは気にしなくていいからね。憐れな女の戯言《ざれごと》さ――私はその悠の本当の恋人にして彼の上司、弥真白《やましろ》支部の隊長の小狐丸だよ」

「我は童子切り安綱だ。聞けば貴様は悠のかつての愛刀らしいな。だからといって遠慮はせんからな。我と悠こそ、高天原《たかまがはら》一の〝べすとかっぷる〟と言われているからな！」

「大典太光世だよ。悠と光世が本当に恋人って感じ？」

「全員もう少しマシな自己紹介をしてもらえませんかね!?」

「恋人……？　ボクの悠と、いつの間に、そんな……」

「鈴!?」

濃厚になった殺意に空間も歪《ゆが》みを生じさせる。

もう言葉だけで止められそうにもない。そう悟った悠は、ようやく己の肉体を立ち上がらせた。全身に激痛が走り抜け、一瞬でも気を抜けば意識は瞬く間に深淵へと落ちることも承知の上で。ただ大切な者達を守るために、彼は自らの愛刀と対峙《たいじ》することを選択した。

（さすがに……キツいな）

千年守鈴姫にしてみれば、本来ならば自身に味方するはずの仕手が裏切ったのだ。ひしひしと伝わってくる殺気には、そのことに対する質疑も含まれている——どうして、なんでボクの味方をしてくれないの、と。

（大丈夫だ——）

何があろうと、俺は千年守鈴姫を見捨てない。

向けられた切先《きっさき》を下げさせ、流れのまま抱き寄せる。後ろからズルイだの、贔屓《ひいき》だのと抗議する声は一先《ひとま》ず後回しにした。さて。

「ゆっくりと深呼吸しろ鈴。そして冷静になってよ～く考えてみろ。本当に俺が誰かと交際しているように見えるか？　今まで誰とも交際してこなかった俺がだぞ？」

「……ごめん、ないね」

「だろ？」

刀であった頃からの付き合いなのだから、彼女が結城悠の人生史において妹を除く異性との交流がなかったことは知っていて当然だ。それを指摘してやることで、納得と安堵《あんど》の表情を浮かべる千年守鈴姫に、悠もまたほっと、安堵の溜息をもらして——

「でも私のは誇張じゃないよね？　だって悠とは接吻もした仲なんだからね！」

「せ、接吻!?　そ、それってつまり……キキキ、キスしたってことなの……？」

——あぁ、どうしてこうも名刀達は場の空気を殺伐にしていくのだろう。

確かに小狐丸が言ったことは事実ではある。ただ唇でなく頬だという弁明も、今の千年守鈴姫を見やれば無意味であることを悠は悟った。キスはキスだ。場所は関係ない。

さて。小狐丸の予期せぬ爆弾発言に、再び千年守鈴姫の表情《かお》が険しくなった。例えずとも、今の彼女を見やれば誰しもが不動明王と答えるだろうし、その所有者たる悠も同じ心境にありながら抱擁を続ける。怖気付いて離れたい気持ちが胸いっぱいに溢《あふ》れ出るが、もしこの手を離してしまえば、その時は……。

「悠が……ボクの悠が……!!」

「と、とりあえず落ち着け鈴！　とにかく説明なら後でゆっくりとするから、今は——」

「もう、許さない!!」

「鈴……ぐぅっ！」

千年守鈴姫が三日月宗近へと斬り掛かった。

たった一つの感情のみで突き動かされた今の千年守鈴姫の瞳に、もはや結城悠は映っていない。その証拠に、悠が布団に横たわっている。御剣姫守《みつるぎのかみ》の力で突き飛ばされたのだから、怪我人《けがにん》である彼にはそれに抗うだけの力はない。

その結果——

（クソッ……ここに、きて……）

——先のが引き金になったか。

それまで辛うじて保ってきた意識が急速に薄れていく。霞《かす》む視界の中で、悠は手を伸ばす。その先に愛刀がいるかどうかもわからぬのに。されど止めねばならないという強い使命感に駆り立てられるがまま。深淵に落ちるその瞬間まで……。

「す……ず……」

虚しく空を切ったのを最後に、悠は意識を手放した。

◆◇◆◇◆

三つの白刃が交差する。

どちらも名刀にして、しかし双方の太刀筋はきれいなまでに対極の関係を築いていた。

片や、しんしんと降る雪ごと叩《たた》き斬った。

片や、雪との間をすり抜けるような変則的な動きで敵手のみへと打った。

静と動を具現化しているかのような戦いに、遠巻きに見守っていた者達は一様にして同じ感想をもらしている――予想以上だ、と。

千年守鈴姫の絶え間ない双刃による連続攻撃は、三日月宗近に反撃させない。よって防戦一方を強いられている彼女の顔には……。

（どうして!?）

焦りもない。そればかりか感心しているとさえ捉えられてしまうほど、優しく穏やかな表情《かお》をしている。その事実が千年守鈴姫に困惑を抱かせた。

優位に立っているのは自分のはずだ。御剣姫守《みつるぎのかみ》となってからの日は浅くとも、新撰組のもとでみっちりと修練と実戦経験を積んできた。

だからこそ、何故と。長曽祢虎徹からもお墨付きとまで言われた自身の剣は、児戯に等しいとでもこの女は言いたいのか。

(馬鹿にして!!)

怒りを剣にのせて、千年守鈴姫は三日月宗近を攻め続けた。


事実は——否である。

(さすがは悠さんの元愛刀だけありますね。それにこの戦い方も悠さんに似てる……少々粗さが目立ちますが、でも並大抵の相手だと彼女には敵わないでしょうね)

彼女は称賛していたのだ。千年守鈴姫に関する情報は悠本人によるもので、とても知っていると口にして言えただけの量もない。だが、一つだけ。確認する以前から確信できることが彼女達にはあった。あの剣鬼の愛刀として共にあったのなら、当然強き者であろうという、強者としての勘。それは見事に的中していた。

千年守鈴姫は紛うことなき強者である。強者であるからこそ、賛辞を送る意味として三日月宗近は嬉々とした顔で太刀打ち返す。

だが、彼女の真意が怒りと嫉妬に狂う千年守鈴姫によもや届くことはあるまい。

幾つもの剣技を応酬して、未《いま》だ訪れぬ決着に千年守鈴姫は声を荒げる。

「どうしてボクから悠を盗ろうとするの⁉　悠は……悠はボクの主《あるじ》なのに。ボクだけの仕手《あるじ》なのに‼」

「確かに、刀であった頃からを思えばあなたは誰よりも悠さんと一緒の時間をすごしています。その中で恋心が芽生えない方が不思議というもの――ですが、長くすごした時間がすべてではありません」

「ッッッ‼」

「私も結城悠さんを愛しています。その想いは、たとえ彼の愛刀であるあなたでも譲るつもりはありません。もちろん、他の姉妹達もそうですが」

「ふざけないで‼」

どのような発言ですらも怒りを憶える、千年守鈴姫は大きく肩を戦慄《わなな》かせた。

誰かを好きになるのに理由は要らない――確かに、その通りだ。もし、仮に自分が彼女の立場にあったならさっと同じことを口にしている。好きになった人と結ばれたいという想いは全員の共通意識なのだから。

三日月宗近の言い分は正しい。正しくて……。

「ぽっと出のあなたなんかに……悠のすべてを知らない女なんかに、悠は絶対に渡さない!!」

理性では理解できていても、同じ女だからこそ彼女の感情《おもい》は三日月宗近を強く否定する。

聞きたくない言葉を平然と口にする女と、千年守鈴姫が相成ることは一生ありえない。それは互いに寄り添うという意味としてのものではなく、これから先に彼女へと訪れるのが死という結末であるからに他ならない。

構えを変える。あっ、と傍観していた一人の間の抜けた声に目線をわずかに向ける。

あの狐耳の少女だ。悠の性格からすると、自ら好んで他者に技を披露するような男ではない。となると、どうしても他者の前で披露する必要があったからで、彼女はその場に居合わせたと考えるのが適切と判断する。

(……どうだっていい——)

そう、経緯などにどれだけの価値があろう。

ただ結城悠のことを知っている——その事実だけで、千年守鈴姫が剣を取る理由として事足りるのだ。

「その技は……」

「驚いた?　愛刀なんだから仕手の技を知っているのは当然だし、使えないと思っていた

方が浅はかだよ！」

逆手に持ち直した脇差を千年守鈴姫は投擲《とうてき》した。

びゅんと音を奏でた切先《きっさき》が狙うは憎き恋敵の心臓。千年守鈴姫は、三日月宗近を殺すつもりで戦いに臨んでいる。

魔剣はどれもこれもが必殺だ。故に双貫《かさねぬき》を千年守鈴姫が行使したことで、三日月宗近の死はここに確定する。避ければ追撃され、防げばそれごと穿《うが》たれる。

ここで三日月宗近は死ぬかもしれない。いや、確実に殺さねばならない。

彼女は大切な仕手を奪おうとする邪魔者だ。常に生死の境に身を置いているのだから、たとえ鬼以外から殺されたとしても彼女も承知の上だろう。だから今……。

(悠はボクだけの仕手《もの》だ!!)

千年守鈴姫は三日月宗近を斬らねばならない。

もうすぐ脇差が敵手と接触する。不動の佇《たたず》まいを貫く三日月宗近は避けようともしないし、もはや避けられる猶予もない。

(勝った!!)

千年守鈴姫の顔に笑みがこぼれる。

ここでようやく、三日月宗近が動いた。その様子に千年守鈴姫は心中にて彼女を一笑する。今更動き出したところでお前に何ができるのか、剣鬼が編み出した魔剣をいとも容易《たやす》く破れるなどと思ってはおるまいな、と。

ありったけの憎悪を込めて、千年守鈴姫は恋敵の名を腹の底から叫ぶ。

「ボクの勝ちだ！　三日月宗近ァッ!!」

二度と、この名を口にすることはあるまい。

――その、はずだったのに。

（どうして……）

突如として、千年守鈴姫に二つの疑問が生じた。

（ボクが勝っていたのに……悠の魔剣は、絶対に無敵なのに）

自身が敗北する要因など、千年守鈴姫には思い当たる節がなかった。それだけ彼女が結城悠の魔剣を評価していたから。だからこそ、何故と自身に問えば問うほどに彼女の胸中では疑問がぐるぐると渦巻く。

（嘘……そんな……ありえないよ、こんなの……）

横転する景色の中で、千年守鈴姫は敵手を捉える。

どこまでもまっすぐな目が自分に向けられている。だが先程まではなかったモノに身体が恐怖を憶える。散々と自身が彼女へと向けていたモノとまったく同質のものだ。

殺気である。既に刀は鞘《さや》へと納められているのに、喉元に白刃を突きつけられているような錯覚すら憶えるほどに凄烈な。

地に倒れて、ようやく理解した。

即ち、敗北である。

「………」

ざっざっと雪を蹴って、勝者が見下ろしてくる。相変わらず、きれいな翡翠色《ひすいいろ》の瞳には殺気が孕《はら》んでいた。それでも剣が抜かれていないのは、彼女には斬る意思がないこと。あくまで千年守鈴姫を牽制《けんせい》するためだけに放っているのだと察するのは容易《たやす》い。

抗おうにも、今の千年守鈴姫にはそれだけの力は残されていなかった。

冷や水を浴びせられたかのような心境。実際に受けたのは彼女自身でさえも理解に至らなかった技ではあるが、ともかく殺意も嫉妬も完全消失してしまっている。

ただ、女として……恋の争いに負けた悔しさのみだけが残されていた。

「どうして……？　どうしてボクの邪魔をするの？　ボクはただ、悠とずっと一緒にいたいだけなのに……」

「……悠さんを愛するあなたの気持ちは理解できます。でも私は自分の気持ちに嘘を吐いてまで人の恋路を応援したりなんかはしません。他に好きな恋敵がいるのなら、彼が私だけを見てくれるよう努力します」

「嘘……嘘言わないでよ……。あなた達はただ男の人がほしいだけでしょ!?」

「……否定はしません。ですが、少なくとも私を含めこの場にいる全員が男だから、という単純な理由で悠さんに好意を寄せてはいません」

「認めない……ボクは、絶対に認めない……！」

「どう捉えていただいても結構です。ですが、勝者が私である以上、敗者たるあなたに従うつもりはありませんので、あしからず」

「ッ……！」

痛む身体を無理矢理起こして、千年守鈴姫はその場から立ち去る。

生殺与奪の権利があちら側にある以上、敗北者がどうこう言える資格はない。

何よりも、惨《みじ》めな今の姿を大好きな仕手に見られたくはなかった。どこか遠くへ。

一度だけ振り返る。見送る四人の姿こそあれど、彼女が求めている人物だけがそこにいない。

（どうして……助けてよ、悠……――）

今度こそ、千年守鈴姫は振り返ることなくその場から逃げ出した。

鬱蒼《うっそう》とした森の中を歩く少女の足取りは、ふらふらとしておぼつかない。

現に彼女が森に身を投じる前、立ち寄った街では何人もの人が怪訝《けげん》な眼差しを向けては懸念の声を投げ掛けている。いったい何があったのか、と。それに応じず素通りするものだからより一層不安と心配を寄せられて、幽鬼のように彷徨《さまよ》うこの少女はそれすらも気付いていない様子で森の中をどんどん進んでいく。

少女――千年守鈴姫の心境を一言にして表わすのであれば、それは虚無以外に他あるまい。つい先程、愛する男の所有権争いに敗れたばかりであれば、その心も穏やかではない。仕手に応えられるだけの刀でなければ、隣に立つことなど許されない。ナマクラとわかっている刀にどうして自らの命を預けられよう。より優れた刀を選ぶに決まっている。そういう意味でなら、千年守鈴姫の知る結城悠という男は決して性能云々《うんぬん》で判別するような男ではない。

優しい彼のことだ。絶対に見捨てたりなんかしない。ずっと一緒にいてくれると言ってくれたあの言葉は本物だ。けれど、果たして彼が立つ戦場に自分はいるだろうか。隣に立っているのが他の刀《おんな》ではないだろうか。一つぽんと浮かんだ疑問は、二つ、三つと彼女の中で無限の膨張をし続ける。

（嫌だ……そんなの、嫌だよ……――）

悠に見捨てられたくない。じゃあ今のボクには何ができる。それがわからないから、千年守鈴姫はあてもなく、ただ彷徨い続けることしかできない。

その足が、不意にぴたりと止まった。

「は～い、元気なさそうな顔してるわねぇ。あの時の元気はどこいったのかなぁ？」

千年守鈴姫の行く先には一人の女が立っている。

　長年付き合いのある友人との再会を喜ぶような言動に対して、彼女の反応はまったく異なるものであった。強張らせた顔を相手に向けて、女を収めている眼は落ち着きなくゆらゆらと動いている。

　何故、どうして……。そのように捉えられる言動の何が愉快なのか、からからと嗤《わら》う女はとても楽しそうで、それが余計に千年守鈴姫を警戒させる。

「ど、どうしてあなたがここに……！」

　刀を抜こうとして、既に己の手の中にあることに今更ながら気付く。白刃には血がべったりと付着していて――いつ、これを付けた……いや、抜いたのかすらも千年守鈴姫には憶えがない。

「君さぁ、ここに来るまでに随分と鬼を斬ってきたわねぇ。なんて言うの？　ヤケクソ？　もう目に付いた鬼を手当たり次第って感じだったわよ。ずっと見てたけど、今の君の方がよっぽど鬼らしいわ、うん」

「……言いたいことはそれだけ？　じゃあさっさと消えてよ。どうやってあの状況から生きたのかわからないけど、今度こそきっちりと殺してあげるよ」

「あららら っ。なんだかすっごく怖い顔。最初に見た時の方がもっとかわいらしかったのに――そんなに自分が大好きな男を盗られたのが悔しいんだ」

「ッ」

全身の肌がぞわりと粟立った。

図星である。けれども、どうしてお前がそれを知っている。千年守鈴姫は混乱の中で、二振りの血刀を構える。

「まぁまぁ待ちなさいなって。あの時さ、私が言ったの憶えてる？　あの子達が抱えている悩みを聞いてあげて、後押ししてあげただけだって——あの子達はね、色んな悩みを抱えていたのよ。でも立場や実力なんかが邪魔をして自分達じゃどうすることもできなかった。私はそんな悩みを抱えているあの子達を救ったのよ」

「救った結果が、操り人形ならごめんだよ」

「ふぅん……じゃああなたはこのままでもいいんだ」

「何を言って……痛ッ！」

千年守鈴姫の顔が苦痛に歪《ゆが》む。

不敵に微笑《ほほえ》むばかりの女は彼女と対峙《たいじ》したままで動いていない。攻撃を自ら仕掛けていなければ、では誰がやったというのか。その正体を初撃で回避することは、女に気を取られていた時点で気付けぬも同じ。千年守鈴姫の前に姿を見せたあの瞬間から、女の攻撃は既に始まっていた。

「これ、は……」

痛みの正体に千年守鈴姫は舌打ちをする。

痛みの発信源たる彼女の指先に、それはいた。一センチにも満たぬ小さな襲撃者――おどろおどろしい模様を背に浮かばせた蜘蛛《くも》が一匹。どうやら噛《か》まれたらしく、同時に与えられた命令を完遂させたのであろう、きっと睨《にら》む千年守鈴姫を見やって力なく雪の上に儚《はかな》く散った。

「な、何を……！」

何をされたかなど、とうに知れている。じんじんと熱と痛みが帯びていて、その元凶が蜘蛛となれば思い至るのは毒以外になく。一瞬にして窮地に立たされた、自身に与えられた猶予がもうわずかにしかないことを千年守鈴姫は悟る。

毒の効果がなんであれ、御剣姫守《みつるぎのかみ》にも効果がある以上は危険であることに違いはないのだから。焦りを顔に示す千年守鈴姫は地を蹴り上げる。

適切な解毒の処置を知らぬ輩でも、まず冷静を失わず激しく身体を動かさないことだけは、なんとなくながらも思い浮かぼう。となると彼女の行動は冷静さを欠いたが故のものか――と問われれば、千年守鈴姫は否と答える。決して考えなくして取った行動にあらず。

術者を介しての攻撃であれば、それを打破する術《すべ》も術者にあり。

あの禍鬼《おんな》さえ倒してしまえば、この毒も消える。問題は時間だ。あの時は不意を突けたからこそどうにかできたものの、今回ばかりは自分の力のみが頼りになる。付け加えて、悠長に戦っている時間もない。

(即効でカタをつける!!)

故に短期決戦へ。全身全霊を賭した一撃を、にやにやと不気味な笑みを終始浮かべたまま佇《たたず》む禍鬼《おんな》へと叩《たた》き込む。

その手が、ぴたりと止まった。禍鬼《おんな》が何かしたのか——否。相変わらず挑発的な、心底見下すかのような笑みを浮かべてその場に突っ立っている。

「そんな……どうして……」

大刀を振り上げた姿勢をそのままに、狼狽《ろうばい》した様子で千年守鈴姫は問う。驚愕《きょうがく》に染まり切った彼女の視線を追えば、その先にいるのが禍鬼《おんな》ではないことは明白で……ならばいったい彼女は何を見て、何に驚いているのか。彼女の瞳のみに映る姿なき敵手が見えない限り、第三者が真実に到達することは永遠に訪れまい。

「は、悠……」

屯所にいるはずの悠がいる……いや、これは幻影だ。となるとあの蜘蛛《くも》が宿していた毒は対象者に幻覚症状を引き起こさせるものと、なんとなくながらも理解して——だというのに、千年守鈴姫は動こうとしない。いや、動けなかったのだ。

安定した精神状態であったなら、鼻で一笑に付した後に幻影《はるか》ごと敵手に鋭い一太刀も浴びせられていようが、不安定な状態の彼女にそれを実行するだけの余裕などなかった。ましてや、愛する仕手《おとこ》から冷たく軽蔑するかのような眼差しを向けられては、千年守鈴姫を疑問と悲絶の鎖で縛るのも同じ。結果、ただただ己にしか見えない幻影を前に彼女は無防備な姿を晒《さら》すこととなる。

——鈴……——

幻影が口開く。千年守鈴姫は、なんとなくそこから放たれる言葉を察してしまった。

聞きたくない。握り締めていた刀をも投げ捨てて、千年守鈴姫は両耳を塞ぎ、ぎゅうっと強く目を閉じた。これから来るであろう衝撃に備えるように。

そうまでして、愛する者からの拒絶を彼女は何よりも恐れていた。捨てられてしまったら、また一人ぼっちになってしまうから。そんな千年守鈴姫の内なる想いを、自らの意思を持ちえぬ幻影が知る由もなく。

幻影が放つ言葉は、無情にも彼女の両手をするりと通り抜けていった。

——鈴……お前には失望した。たとえ相手が天下五剣だろうと、俺の刀なら……鈴姫一派が打ってくれたお前なら、どんな相手だろうと負けないと思ってたんだが。どうやら俺の見込み違いだったらしい——

「ち、違うよ悠……も、もう一回。もう一回戦えばきっと……っ！」

——お前はもう俺には必要ない。俺にはこいつがあるし、何より周りにはお前なんかよりも凄《すご》い刀がたくさんある……じゃあな、元愛刀。千年守鈴姫という名のナマクラ——

「や、やだやだ！　お願い悠ボクを捨てないでよ、置いていかないでよっ！　お願い、だからぁ……」

「あららら、泣いちゃった。でも、これはさすがの私でも心にきちゃうかも……——で？　どうだった？」

禍鬼《おんな》の問い掛けに、千年守鈴姫は涙で赤く腫れた目できょろきょろと辺りを見回す。無情にも見捨てていった幻影《はるか》の姿はもうどこにもいない。再び自分と、しゃがんで顔を覗《のぞ》き込んでくる禍鬼《おんな》の二人っきりとなった。

「い、いま……の……」

「幻覚よ。アタシの異能《どく》はね、相手に幻覚症状を強制的に引き起こさせるの。でもただの幻覚じゃない。相手の心の奥底に隠れた不安や恐怖を幻影《かたち》にする——今君がもっとも不安に思ってること。それが今君が見てた幻覚ってこと」

「ボ、ボクの……不安や、恐怖……」

「悔しいと思わない？　だってさ、本当ならこんな思いなんかすることなんかなかったんだもん。でも邪魔な御剣姫守《みつるぎのかみ》のせいで君はこんなにも不安と恐怖を抱くことになっちゃった。それってすっごく悔しいことだって、君もわかってるでしょ？」

「………」

千年守鈴姫は言い返せなかった。皮肉にも禍鬼《おんな》の言っていることはあまりにも正しかったから。もっと早くに御剣姫守《みつるぎのかみ》になって悠と再会していれば……、三日月宗近《あのおんな》さえいなければ、こうも苦しむことなんてなかったのに。沸々と煮え滾《たぎ》る感情《それ》を、千年守鈴姫は拒まない。

「言ったでしょ？　アタシはただ抱えている悩みを後押ししてあげるだけって……」

「ボクは……」

「じゃあこのままでいいの？　好きな男を他の女に盗られたまま、親指咥《くわ》えてじっと見てるままで君は満足なんだ。ふ～ん」

「……だ——それだけは絶対に嫌だ!!」

「じゃあ、決まりじゃない？」

差し伸べられた手を、千年守鈴姫は掴《つか》んだ。にしゃりと不気味に嗤《わら》う禍鬼《おんな》を見やるその瞳に、憎悪の炎を燃え上がらせながら。

◆◇◆◇◆

どこまでも真っ白な世界に一人の男がいた。

右手に握る長刀をだらりと下げて、雪を踏み締める一歩はとても弱々しい。その原因がこの世界にも劣らぬ真っ白な衣装を染め上げている朱色にあった。

男は怪我《けが》をしていた。至るところから生命の源を流す様は痛々しいし、その量は明らかに致死量に達している。それでも男の歩みは力強く、大きな意思を悠に感じさせる。

この男は誰だろう。どうして俺はこんな夢を見ている。これが明晰夢《めいせきむ》であることは、先程身体をすり抜けられた時点で気付いている。して、この男は本当に何者だろう。今にも死にそうな身体であるのに、その強き意思を秘めた目はどこへ向けられている。何を捉えている。

悠は動向を見守ることにした。夢の住人に干渉できぬのであれば、存在していないことも同じ。夢から醒《さ》めようにも自力で抜けられぬとあれば、この物語《ゆめ》が終わるまでどう足掻《あが》いても留まらなければならない。

退屈しのぎとは程遠く、しかしそれ以外にすることがない以上、悠は傍観者に徹するしかなかった。

しばらくすると、男の歩みが止まる。おびただしい数の死体が無造作に転がっていた。老若男女問わず、中には赤子でさえも雪の上に沈み自らの血で朱に染め上げている。死を目にしてきた悠でさえ目を背けたい光景に、男は口を閉ざしたまま死原の中を突き進みだした。正面を見続けている男の目には、死体《かれら》に対する興味がまったく感じられない。機械……そんな言葉がよぎり、軽蔑にも似た眼差しを向けた、とほぼ同時。

男の歩みが再び止まる。

視線は下へ。釣られて悠も視線を下げれば――一人の死体《じょせい》の姿があった。今まで目にしてきた死体がどれだけ幸せだったことだろう、と。不謹慎であることを承知で、悠がそう思わざるをえなかったほど女性の死体は損傷が酷《ひど》い。

ぽつんと残された首に、男が跪《ひざまず》いた。あれだけ大量の死体を目の当たりにしておきながら、なんの反応も示さなかった冷酷無比な心に訴えかけたあの死体は、彼に何らかの関係があると悠は推察する。

――すまない……結局私は君を救うことができなかった……――

男の謝罪に死体《じょせい》は答えない。ただ彼に優しく抱かれ、ごつごつとした手で頬を愛おしく撫《な》でられるがまま。ただ静かに彼の独白を聴いている。

――誰も守ることができず、挙句に奴をあと一歩のところで取り逃がしてしまった私を愚か者だと罵《ののし》ってくれても構わない。だが、約束する。いつの日か、何年何十年という月日が流れようと君の魂を解放すると……！――

そっと首を雪原に寝かせ、男は自らの頚《くび》に白刃を当てた。これから彼が何をしようとしているのか。それを理解していても、悠には事の行く末を見守ることしかできない。それでも懸命に叫ぶ――やめろ、と。

――私ももうすぐ死ぬ。だがヤツを打ち倒すまで死ぬわけにはいかん。ならばこの魂、いつかきっと現われる希望の光に喜んで捧げよう！――

力いっぱい、男は自らの首を刎《は》ねた。

赤い花弁がわっと雪に混じって散っていく。仕手《あるじ》の血をたっぷりと浴びた長刀が、青白い光に包まれる。やがてそれは形を変えて舞い昇る。

ソレと目が合った。夢の中でただ一人蚊帳《かや》の外であった悠を、ソレはじぃっと見つめている。どれぐらい時が流れただろう。そう思い始めた頃、ソレはけたたましくも雄々しい咆哮《ほうこう》を上げて、再び天を目指す。

蒼《あお》き鱗《うろこ》を仄《ほの》かに輝かせる一匹の龍が天空《そら》に溶けていく姿を、ただ見送り――。


「――」


夢は突然として、現実に塗り潰されていく。

目が覚めた。最悪ではないにせよ、喉に小骨が引っ掛かったような心境。夢は自身の経験などに基づいて構築されると言うが、少なくとも悠には思い当たる節がまったくない。

（あの夢は……？　それに、あの男が持っていた剣はもしかして……――）

そう考えて、はたと悠は辺りを見回す。

昨晩の出来事が一瞬にして甦った。そしてこの場にいない存在《もの》に、悠はようやく跳ね起きる。

「三日月さん！　鈴……!?　鈴は、どこに……！」

着の身着のまま部屋を飛び出す。すれ違った加州清光が鼻血を出して倒れたが、愛刀の身を案じる悠はまったく関心を示さない。どうせ隊士達が手当てをしてくれるから、自分の出る幕はない。今はそれよりも、千年守鈴姫の方が気掛かりだった。

「あ、悠さん！　もう目覚められた……って、なななななんて破廉恥《はれんち》な格好をしてるんですか!?　それって誘っているのも同じですよ誘ってるんですねわかりましたならばこの三日月宗近あなたの想いにこ、応えるためにも――」

出会って早々の機関銃にしかめっ面で返す悠だったが――ちょうどいい。探していた人物の一人であるし、当事者である彼女からならば欲している情報も難なく手に入ろう。悠は言葉を遮って本題を早速振った。

「三日月さん俺ならもう大丈夫です！　そんなことよりも鈴を知りませんか？」

「……千年守さんなら、ここにはいません」

「いない!?　なんで……」

「悠さんが気を失われてから、私は挑まれるがまま千年守さんと刃を交えました。結果だけならば私が彼女に勝ちましたが……それから千年守さんはここを飛び出していったきり、まだ戻られておられません」

「そんな……くそっ！」

踵《きびす》を返す。目的が定まったのなら、ぐずぐずしている猶予はない。

客間へと戻り素早く着替え――背後からきゃあきゃあと黄色い声が聞こえてきたが、今はどうでもよかった――屯所を飛び出す。

「悠どこへいく！」

門のところで長曽祢虎徹に呼び止められた。傍らには和泉守兼定や、小狐丸らもいる。

「鈴を探してきます！　あいつ、昨日の晩飛び出していったきり帰ってきてないんです！」

「その話ならば聞いた。既に捜索に丸助らを行かせている。貴公は安心してここで待って――」

「鬼神丸が出ているのなら俺だって行きます！　まだ仮ですけど一応三番隊に所属していますから、俺が行っても問題ないですよね⁉」

「お、おい悠！」

「ッ⁉」

地面を陥没させるほどの一蹴が、彼の身体を長曽祢虎徹から大きく遠ざける。いや、彼女ではない。その右隣……腰の得物を今にも抜かんとしている御剣姫守《みつるぎのかみ》から悠は逃れたのだ。

今日に至るまで数多くの出会いがあり、その分だけの感情を悠は目にしてきている。

大半が色情だったり結婚願望だったりと桃色ではあるものの、皆純粋に結城悠に真の想いを寄せてのことであって、だからこそ。同じ怒りでも、好意を抱かれている相手から憎悪にも等しい負の感情《いろ》を向けられるということを、悠は今日初めて経験することとなった。

交差する視線の先。餓狼《がろう》にも似た眼光が悠を捉えて離そうとしない。

悠にとっては小狐丸と同等に長く付き合いがあり、交流も深くある。だからこそ何故、と……疑問の感情《いろ》を瞳にのせて彼は眼中に収まった少女に問う。

「き、清光さん……」

それはどこまでもまっすぐな殺意だった。

多々妄想しては自らの血で雨を降らし倒れた少女の面影を、餓狼へと変貌した彼女より見つけようとするのは愚行でしかない。

ぎらぎらと輝く瞳には、結城悠を仕留めんとする気概が十二分に伝わってきて……不意に、誰のものともわからなかった、あの捨て台詞《ぜりふ》が悠の脳内で鮮明に甦った。

（そうか……あの時、清光さん。あなたが言ったのか……）

「加州、その辺にしておけ。刃を向けるべき相手を間違えるな」

「……あ」

静かでいて苛烈。流水のように滑らかな口調とは裏腹に有無を言わせぬ圧力が、長曽根虎徹の言葉に込められている。

「そ、その、ごめんなさい悠さん！　私、そんなつもりじゃ……！」

「あ、いえ……俺は別に気にしてませんから。大丈夫ですよ」

すっかり落ち着きを取り戻した加州清光に悠も気が削がれてしまい、柄に掛けていた手をそっと離して、今はぺこぺことヘッドバンキングよろしく何度も謝罪する彼女のフォローに努めている。

「久方振りに見たな、加州がそこまで何かに固執するのは。確かあれは……あと残り一冊の官能小説を巡って喧嘩《けんか》になった時だったか姉者」

「うむ、残り一冊のために全員が大怪我《おおけが》を負わされたな。あの時はさすがに某《それがし》も死を覚悟したぞ」

今にして思えば仲良く共有すればよかったな、などと楽しそうに思い出話に盛り上がる長曽祢虎徹と和泉守兼定だが、加州清光に秘められた強欲心をたった今垣間見たばかりの悠にはまったく以《もっ》て笑えない話である。もしあのまま、長曽祢虎徹が戒めることなく加州清光の抜刀を許していたならば……と思うと、ぞっと悠は背中に冷たいものが伝うのを感じずにはいられなかった。

「とにかくだ。悠よ、貴公はここで大人しく待っていろ。我らが勝利する姿を、貴公には見届けてもらわねばならないからな」

「……できません」

「悠……！」

「大丈夫だよ悠。いっておいで」

尚も引き止めようとする長曽祢虎徹を小狐丸が制した。

「小狐丸……」

「私達は今から虎徹と三日月の仕合を見守らなきゃならないからね。大丈夫、私達が勝つから君は安心して彼女を探してくるといいよ。帰ってくる頃には船の手配も済ませておくから」

「ほぉ、言ってくれるじゃないか駄狐が」

「事実だからね——君は三日月宗近の本当の強さをまだ知らないんだよ、和泉守」

「そうそう、いずみーってば三日月の怖さ知らなさすぎだし」

「ここは我らに任せて、貴様は早く行くがいい」

「小狐丸、光世、安綱さん……」

「その代わり！　弥真白《やましろ》に帰ったら今度こそ二人っきりで〝でぇと〟してもらうからね」

「あっ！　じゃあ光世も！」

「等価交換という言葉を知らぬとは言わさぬぞ悠」

「……えぇ！　デートだってなんだって、お付き合いしますよ。スケジュール調整はそっちにお任せします！」

「言質は取ったからね！」

小狐丸達に見送られて、悠は屯所を後にする。

目指すのは神威の町。三日月宗近に負けたことで自暴自棄になっているだろう、とはいっても単身で外に飛び出すような真似はすまい。いるのならばきっと町のどこかにいる。ひょっとすると、もう鬼神丸国重ら三番隊が見つけている頃かもしれない。

町に着いた。普段活気に溢《あふ》れている町並みも、この時ばかりは異様な空気に戸惑いを隠せずにいる。

局長の命を受けた三番隊の聞き込み調査を指揮する鬼神丸国重と、悠は合流を果たした。

「鬼神丸！」

「ん？　あぁ悠も来てくれたんやな！」

「あいつは……鈴はどうだ？」

「いんや、さ〜っぱりわからへん。探せるところは必死に探しとるけど、今んとこ収穫ゼロやわ」

「……そうか」

「悠こそ、ちーやんが行きそうな場所とか思いつかへんか？」

「行きそうな場所って言われてもな……」

うんうんと二人揃《そろ》って悩む。

町での聞き込み調査は収穫なしに終わった。となると残るは町の外であって、悠がもっとも危惧していた展開に彼の心境も穏やかではない。一刻も早く見つけなければ、たとえ御剣姫守《みつるぎのかみ》であろうと鬼を相手取る以上は命の保証はない。

せっかく再会できた愛刀をまた失ってたまるものか。大切な存在《ひと》を二度と死なせてなるものか。行く当てなど悠にはない。だが、千年守鈴姫を救い出す……この使命感に駆り立てられた悠の足取りは迷いが一切なかった。

「ちょちょちょ、ちょい待ちーや悠！　闇雲に探したって見つからへんって！」

「じゃあどうすれば……！」

「う～ん……可能性としてはめっちゃ薄いけど、いっこだけ調べてへん場所がある」

「どこなんだ、そこは!?」

「ウェパムイソ……ウチらが生まれるずっと前にはこう呼ばれとったらしくて、今じゃこう呼ばれとる――零嗤鬼《ぜろしき》の滝や」

――遥か天空より邪悪なるものがこの地に舞い降りた。

緑溢れる豊かな地は骨まで凍て付く雪に覆われ、数多くの命が失われた。

これに反旗を翻す者、名をオキクルミという。

時同じくして天空より現われし一匹の星獣、彼《か》の者に剣を与える。

三日三晩の死闘を演じたオキクルミ、自らの命と引き換えに邪悪なるもの封印する――

古くから言い伝えられてきた場所は、神威の最北端に位置する。

そこまで行くための道のりは、決して楽なものではなかった。切り立った崖に沿った細い道を少しでも踏み外せば、待っているのは死へのダイブ。それだけに留まらず、来訪者は雪鬼の襲来も考慮しなければならない。

危険しかない場所を観光スポットとして紹介することもできず、そうとわかっていながら足を運ぶなど、余程の酔狂者であろう。

そこに赴く三番隊の顔は、全員が穏やかではない。

彼女達からすれば鬼を討伐する方が楽だったことだろう。不幸にも千年守鈴姫捜索に割り当てられた隊士は、気丈に振る舞うも青ざめた顔で足もぶるぶると震えている。

高所による恐怖と必死に戦っていることが読み取れる彼女らの視線は、先行する二名の軽やかな足取りに対する怪訝《けげん》なものだった。どうしてそんなにもすいすいと歩けるのか、と。

鬼神丸国重が先行し、悠はそれに追従する。

実際に歩くことで、彼女の言葉の意味を真に理解できた。いくら自暴自棄になっても自分であればわざわざこんな危険な場所に来たりはしない。自殺願望でもあれば話は変わってくるが、千年守鈴姫にその気持ちは絶対にない。

それでも悠は行かねばならなかった。万が一、京が一であろうとわずかでも可能性があるのならば。

「待っていてくれ……鈴！」

「あ〜めっちゃ寒い！　ここだけなんや知らんけどめっちゃ寒いから嫌いやねん！　う〜ちーやんめぇ……見つけたらタダじゃ済まさへんで」

「……もし鈴を見つけたら俺が話をする。鬼神丸は下がっていてくれ」

「わかっとるって。多分やけど、ウチらが説得するよりも悠が言った方が効果的やろ――ほれ見つけたで、あれが零嗤鬼《ぜろしき》の滝や」

「あれが……！」

目的地に着いて、悠の胸中に真っ先に浮かんだ感情は至ってシンプルなものであった。言葉で表現するならば、感動をおいて他に相応《ふさわ》しいものはあるまい。

物騒な名前とは裏腹に、美しさがそこにある。

氷の柱状節理《ちゅうじょうせつり》の壁から轟々《ごうごう》と音を立てて冷水が流れ落ちる様は、芸術に関心がなくとも圧倒されよう。

カメラが手元にないことが悔やまれて――同時に、鬼神丸国重の選択が正しかったと証明された瞬間を目の当たりにする。件《くだん》の少女がいた。

「鈴!!」

滝の方を向いて立ちすくむ彼女は、悠の声に見向きもしない。

「鈴、お前こんな場所まできて何をやってるんだ」

「………………」

「……あの後のことは、三日月宗近さんから聞いている。でも、まずはとりあえず帰ろう、話はそこでゆっくりと――」

くるり、と振り返る千年守鈴姫。

にっこりと笑っている。いや、嗤《わら》っていた。何がそんなに面白いのか。それ以前に、そのぎらぎらと輝く真っ赤な瞳はどうした。

悠はこの目を知っている。先日目にしたばかりだから忘れるはずもない。

彼女は操られている。そう理解した刹那、悠は大刀を抜き放った。間髪入れずにけたたましい金打音を響かせて、悠は勢いのままに後退することを強いられる。即ち、あと一秒でも遅れていれば彼の首は自らの愛刀によって刎《は》ねられていた。

「お前……鈴！」

「な、なぁ悠。ちーやんのあの目って……」

「あぁ、間違いない。あいつは操られている」

「そんな！　あん時ちーやんがやっつけたやんか！　まだ生きとるっちゅーことかいな！」

「どうだろうな。でも鈴があなってる以上、そう考えるのが妥当だろう――おい鈴、目を覚ませ！」

「悠が悪いんだよ？　ボクっていう愛刀《おんな》がいるのに、他の御剣姫守《おんな》になびいちゃうんだからさ……！」

「お前、何を言って……！」

「ちーやん何しとるんや！　自分の仕手に斬り掛かるやなんて何考えとんねん!!」

「……うるさいな。悠に群がるうっとうしい羽虫のくせに、馴《な》れ馴れしく近寄らないでよ!!」

「鈴……！」

「言うてくれるやないか……せやったらちーやんの前で悠とにゃんにゃんしてるとこ見せつけたるわ！」

「やってみれば!?　ボクだって悠をメチャクチャにするところを見せつけてやるんだからね！」

「いや、それもどうかと思うぞ二人とも!!」

　彼女の凶刃は仲間に対しても容赦がない。だがそれは術者に操られている、という要因があってのこと。操られている者の意思がそこになかったから、悠はあの時術者を討つことを優先させた。

だが、今回は違う。それこそ悠が否定の眼差しを千年守鈴姫に向ける理由であった。

（どうしてだ、鈴。どうして——）

お前は自らの意思で彼女を斬ろうとしている。恐らくは操られていることを彼女は自ら受け入れている。そうでなくては、かつて見た太刀筋がより凄烈で異常なほど強力になっているとは考えにくい。

ともあれ、他の誰のものでもない。自らの意思で仲間に対して殺意を撒《ま》き散らす愛刀を、悠は割ってでも止めに入らねばならない。

「やめろ鈴！　正気に戻れ!!」

「悠！」

「……どうして？　どうしてその女を庇《かば》うの？　悠はボクだけの仕手《もの》じゃなかったの？　そんなのボクの悠じゃないよ！」

「ぐっ……!!」

仕手にさえ容赦ない一撃は、悠を大きく弾き飛ばした。

「悠くん！」

「もう怒ったわよちーやん！」

「私の悠きゅんを傷物にしたら万死に値するぅぅぅぅっ!!」

その光景を前にして、ようやく他の隊士達の動きにも変化が生ずる。

次々と抜刀して千年守鈴姫を取り囲んだ。もはや彼女らの視線は仲間としてのものではなくなっている。隊長と仲間《おとこ》を殺そうとする危険因子――鬼と対峙《たいじ》する時と同様、彼女らは敵対する関係をここに作った。

一対多数。隊長を筆頭に十数名以上の切先《きっさき》が自身を捉えている状況であるのに対して、千年守鈴姫はというと――

「あははははっ！　ちょうどいいや。どうせ悠にちょっかいを出すヤツ全員殺そうと思ってたから……手間がはぶけたや」

――からからと嗤《わら》って返した。

「あららら。随分と賑《にぎ》やかになってきたじゃない」

「お前、は……!?」

「昨日ぶりねぇ、こいぬちゃん。元気にしてた？」

聞き憶えたくもなかった声に、全身の肌がぞくりと粟立つ。

振り返った悠の目がぎらりと輝いた。殺意と憎悪によって鋭さを増した彼の眼光を受け止めても、禍鬼《おんな》は歪《ゆが》んだ笑みを崩さない。それでも悠は視界に敵手を捉えたまま、右手の大刀の柄をぎゅうと握り締める。

元凶が現われてくれたのなら、結城悠がすべきことは討伐のみ。この禍鬼《おんな》さえ、今度こそ倒せば愛刀を助けられる。

（しっかりしろ、結城悠……！）

絶対に逃がしはしない。今ここで、今度こそこの禍鬼《おんな》を滅する。悠は大刀を構え直した。

「そういきり立たないでくれるかなぁ。暑苦しいのってアタシ嫌いなんだよねぇ――それよりもさ、君に面白いもの見せてあげよっか？」

「面白いもの……？」

「ええ、実はさ。この滝の裏にすっごい面白いものがあったの。ねぇ知りたい？　何があったのか聞きたい？」

「…………」

「……なんで何も言わないのかなぁ。つまんないの――でもまぁ、すぐにそんなこと言えなくなるけどね」

「何？」

「さぁさぁ、そろそろ起きてくるわよ？」

禍鬼《おんな》が嗤《わら》う。それが合図であるかのように、滝の音をも掻《か》き消す咆哮《ほうこう》が辺り一面に響き渡った。

第八章　神話再臨

たった一人の男がいなくなってからの新撰組屯所では、激しい剣舞が繰り広げられていた。美しさなど誰しも求めておらず、出演者もまた評価を求めていない。あるのはただ、強すぎる自己主張のみ。誰が至高の宝石を手にするに相応《ふさわ》しいか——それを尋ねることにどれだけの価値があろう。皆無《ゼロ》だ。

誰しもが男は自分のものであると思い込んでいるこの世界で譲り合いの精神など最初からなく。であれば、剣を交えている彼女らが例外であることこそ天文学的確率であろう。


「貴様とは決着をつけねばならぬとずっと思っていたぞ、童子切り安綱!!」

「抜かせ和泉守。この我に勝てると、いつまでそんな幻想を抱いているつもりだ!!」

「あの時の自分と同じだと思っていること、それが貴様の敗因であると今知れ！」

「ほざけ。刃戯《じんぎ》——【火ノ神舞《ひのかみまい》】……烈焦万獄《れっしょうばんごく》！」

「刃戯《じんぎ》——【御武狼《みぶろ》】……群狼《ぐれん》衝!!」


赤々と燃える紅蓮《ぐんろうしょう》の炎が銀狼の群れを一掃する。永久銀冷領域《えいきゅうぎんれいりょういき》の雪すらも容易《たやす》く溶かしてしまう童子切り安綱の炎を、忌々しげに見つめる和泉守兼定の瞳はぎらぎらと輝いている。

「……貴様は、ただ一度として自分を見ようとしなかった。あの時、貴様に戦いを挑んだ時でさえ自分の目を見ようとはしなかった！」

「…………」

「故に今、認めさせる！　和泉守兼定が天下五剣にも匹敵することを、それを超えることを貴様の身体に思い知らせてやる!!」

紅蓮と銀狼が激突する。

その様を、誰よりも楽しげに眺めている者が一人いる。

「安綱キモイぐらいはりきってるじゃん。ねぇそう思わない？」

くるくるとその場で回ってみせる彼女の言動は、殺し合い同然の仕合をしている者としてはあまりにも不相応で——だが、対戦者の返り血を自身を含め半身たる白刃にも付着させている姿を見やれば、それが勝者としての余裕であることを傍観者は理解しよう。

現に少女——大典太光世の身体には傷一つ付いていない。一方で彼女と対峙《たいじ》している加州清光は、痛々しい姿を晒《さら》していた。

切り裂かれた衣服の下では血を流す刀疵《かたなきず》が顔を覗《のぞ》かせている。片膝を突き、息を乱す彼女を大典太光世は楽しげに笑う。

「かしゅーってば、まだあの時のこと恨んでんの？　しつこい性格って嫌われるしやめた方がいいんじゃない？」

「……黙れ！　あなたは……いつだってそうじゃないですか。自分がほしいと思ったものならなんでも、無理矢理盗っていく。気に入らなかったら暴力に走る。そんな人に悠さんを渡せるはずがないでしょう！」

「小説ならちゃんと返してあげたじゃん」

「ボロボロになった挙句、一番盛り上がるところを切り取られて何が返したですか！　許さない、三日月宗近さん達はともかく私はあなただけは……大典太光世だけは絶対に許しませんっ！」

積年の恨みを声にして、加州清光は三段突きを放った。神速の如《ごと》き剣速は、目にも見えぬだけに留まらず、怒りを孕《はら》んだ轟撃《ごうげき》は文字通り対象を粉砕する。

虚空を穿《うが》ち、哀れにもその先にあった木々が粉々となるほどの攻撃を姉妹へと放った加州清光の瞳からは、躊躇《ためら》いの二字がないことが読み取れよう。

一方で、殺人剣を向けられた大典太光世は、涼しげな顔を返している。口笛すら吹いて、にやにやと加州清光を見る彼女の顔から読み取れるのは余裕の二字をおいて他になく。したがって自身の必殺技をあっさりと避けられた事実が、加州清光の顔を憤怒に歪《ゆが》めていく。

「相変わらずはっやい突きじゃん。でも、恨んでる限りかしゅーは光世に勝てないってことぐらい、わかってんでしょ？　光世の刃戯《じんぎ》はそういうのなんだから」

「ッ……」

「それじゃ、ちょこっとだけ光世の本気。見せちゃおっかな」

せーの、とかわいらしい掛け声と共に彼女が取った行動は常人であればその目を見開くことであろう。

敵手からの攻撃は避けておいて、自分自身による攻撃ならばすんなりと受け入れたのだ。即ち、大典多光世が取ったのは自傷行為そのもので――噴出する血に異変が生じたことが、彼女の刃戯発動に必要な引き金であることを物語らせる。

朱色に染まった、無数の式札がふよふよと周囲に浮いている。

「さってと。それじゃあいくよかしゅー。光世の刃戯――【怨廻覿面《おんねてきめん》】の妙技。とくと味わえ！」

刀を上げた大典多光世の動きに従って、それまで浮遊するだけだった式札が一斉に加州清光へと襲い掛かった。

刃戯の激しい応酬が繰り広げられる中で、たった二人だけが未《いま》だ動いていない。正眼に構えたまま、互いに相手を見据え、ただただカカシのように突っ立っている両者に向けられた視線は、少なくとも怪訝《けげん》なものではない。

固唾を飲んで見守っているのだ。それは、彼女らが互いの出方を見計らっているからに他なく。

そしてどちらか一方が動けば、演出時間がわずか数秒足らずで終わってしまうことも、観客達はすべてを悟っているのだ。だから激しく剣舞を披露している四人の演者への関心はあまりにも薄い。

そんな彼女らを他所《よそ》に、二人はただ見据え合ったままで——ついに。事態に変化が起きた。沈黙を破ったのは、長曽祢虎徹である。

「……いつまでこうしているつもりだ、三日月」

「それはこちらの台詞《せりふ》です。悠さんを奪うと言っておきながら、攻めずにいるなんてあなたらしくないですね」

「その台詞、貴公にそのまま返すぞ三日月。悠を渡さないと言っておきながら、どうして攻めてこない。ご自慢の【月華彌陣《げっかびじん》】が使えないから攻めあぐねているのか？　それとも……それすらも必要ないと、某《それがし》を見下しているのか？」

「……ご想像にお任せします」

「……やはり某は、貴公を好きになれそうはないな！」

ついに、流れが変わった。先の先を取ったのは長曽祢虎徹。刀を大上段に構えて、攻めの気概をありありと見せつけている。

三日月宗近はというと、まだこれと言って目立った動きを見せない。そんな彼女に、長曽祢虎徹の一太刀が容赦なく打ち落とされて――響き渡る轟音《ごうおん》がその場にいる全員の動きを、ぴたりと止めた。

どよめく彼女らを見やれば、これが故意によって引き起こされたものではないことは確かで。たったの数名だけが、遠方をじいっと見つめている。

「今のは……それに、この禍々《まがまが》しい気配……」

「あの方角は、確か……まさか！」

「……なんか嫌な感じするし」

「これは……一時休戦とした方がよいな」

劇は思わぬ形で中断されることとなった。それについて観客席からブーイングが飛び交うことはない。この場に観客はもう誰もいない。いるのは、数多《あまた》の出演者のみ。

◆◇◆◇◆

けたたましい咆哮《ほうこう》一つで、どれだけの気勢が削がれたことだろう。

この現状でたった二人だけが楽観した様子でいて、残る面子には焦りと困惑の感情《いろ》が濃く顔に示されている。悠とて例外ではない。目の前にはあの禍鬼《おんな》がいる。このまま地を蹴り上げさえすれば星刃《せいば》は届く。それができなかったのは、今も続く咆哮《ほうこう》に気圧《けお》されていたからに他ない。

獣とも違う、鬼のものとも違う。初めて耳にする声質。なんとかひねり出して例えるならば、それはどちらかというと蟲《むし》に等しくて……。

「い、今のは……」

「……『血を啜《すす》りし獣』っていう名前だっけ？　オキクルミとかなんとか、とにかく人間の女が封印したっていう怪物。あれをさぁ、こうちょちょいっと起こしてみたの」

「起こしてみたやて⁉　まさか、封印を解いたっちゅーんかいな⁉　い、いやそれ以前にあれはただの伝説やあらへんのか！」

「さぁ？　でもこの滝の裏側にすっごい怪物が眠ってたわよ？　うん、さすがにアタシもアレにはびっくりしちゃったかな～」

すごいものを発見したと母親に話す子供のような無邪気さで、しかし。悠にはどうしても尋ねねばならないことが一つだけある。この禍鬼《おんな》は封印を解いたと口にした。それがどういう手段であるか、などとは問わない。

必要なのはその逆。幸いにも悠はその術《すべ》に心当たりがあった。

危険な存在を目覚めさせてまで彼女が何をなそうとしているのか。むろん、如何《いか》なる理由が禍鬼《おんな》から放たれようと、結城悠がすべきことはたった一つのみ。危険であることに変わりなき存在を、桜華衆《おうかしゅう》と新撰組は決して野放しにしたりなどしない。

「……お前は、そんなにも危険な存在を目覚めさせてどうするつもりだ？　お前の目的はいったいなんだ⁉　この国を乗っ取るつもりか⁉　それとも全人類を滅ぼすつもりなのか⁉」

「う～ん、目的なんてものはないわよ」

「何？」

「別に国とか世界とか興味ないし？　アタシはね、ただ自分が面白いなぁって思えたらそれでいいの。だって面白そうじゃない、過去のとびっきりヤバい怪物が暴れて人間が次々と死んでいくのとかさ、もう想像しただけで――」

「もう喋《しゃべ》んなやドアホが」

　射抜くような殺意と共に、白刃が禍鬼《おんな》へと伸びていく。鬼神丸国重の渾身《こんしん》の刺突《つき》は、ひらりと避けられるだけに終わり……いや、薄皮一枚をしっかりと斬っている。薄《う》っすらと滲《にじ》み出る己が血を指先で拭《ぬぐ》い、それをじいっと見つめる禍鬼《おんな》の顔には、明らかな怒りが宿っていた。

「お前がどう思おうがウチにとったらど～でもいいっこっちゃ。鬼はどの道斬る、それだけや。その中でもお前は、群を抜いて腹立つやっちゃで」

「……アタシって殺すのは好きだけど斬られるのは好きじゃないの。だからさ、さっさと

「死んで？　てか今すぐ無様に殺されて」

「――」

かつて、これほど大きな音を耳にしたことがあっただろうか。自身にそう問い掛けて、否、と悠は首を横に振る。それほどまでに大きな音の正体は、零嗤鬼《ぜろしき》の滝が崩壊したことにあった。

大自然が生んだ芸術が、たった一瞬で失われた現実を、悠を含み誰しもがただただ呆然《ぼうぜん》と見守るばかりで。対する敵手らの視線は、その先にあるものへと向けられている。

化物だ。そう、誰かが口走った。

あぁ、まったくもってその通りだ。悠は同意を視線で表わす。とてもわかりやすいし、それ以外に相応《ふさわ》しい言葉など存在しない。今まで戦ってきた鬼がちっぽけでかわいらしいとすら思えてしまうぐらいに、あれは……。

「な、何なんやあれ……」

「あれが――」

骨のように真っ白な毛皮に覆われている身体は山の如《ごと》し。ぎらぎらと輝く赤き瞳と、鋭い牙が並ぶ口からは絶えず不快感と恐怖を与える声と表現するにはいささか難しい音が奏でられている。

「――『血を啜《すす》りし獣』！」

「さぁさぁ、伝説の怪物と御剣姫守《みつるぎのかみ》の殺し合い！　こんなにもワクワクしそうなことってそうそうないから、たっくさんアタシを楽しませてね」

「くっ……こいつ！」

「さぁ、やっちゃいなさい『血を啜りし獣』！　封印を解いてあげたんだから、このアタシが満足するような演劇を見せて――」

それより先の言葉は、間の抜けた声と赤い花弁によって紡がれることとなる。

誰もこの事態を予測していなかった。いや、予測できるはずもない。丸太のように太く、槍《やり》のような爪が貫いたのは――封印を解いた張本人であるのだから。

「ちょ……なっ……」

自ら突き刺した禍鬼《おんな》にはもう目もくれず、きょろきょろと辺りを見回している。何かを探していることが窺《うかが》える挙措《きょそ》を、注意深く凝視して――ぴゅっと鋭い風切音に悠は表情を強張らせた。

禍鬼《おんな》にしたように、鋭い爪が貫いた。果たしてそれがなんなのか、ゆっくりと怪物の手が引き上げられたものを見て、悠は絶句する。

またも同族に対して攻撃を仕掛けたのだ。『血を啜りし獣』の爪に貫かれて絶命した雪鬼に、あろうことか牙を突き立てる。

じゅるじゅる、と実に不快な音に悠は察する。永き封印によって失われた熱量《カロリー》を補うために、『血を啜《すす》りし獣』は、その名の通り雪鬼の血を啜っているのだ。

「…………」

鬼が鬼を殺す。悠が高天原《たかまがはら》へ導かれるよりもずっと昔に鬼と戦ってきている御剣姫守《みつるぎのかみ》が彼よりも狼狽《ろうばい》しているのだから、同族殺しという所業は彼女達にしてみても初めて遭遇する事態でもあった。

当然のことながら、味方であるはずの同族《おに》に裏切られた禍鬼《おんな》の呪うような目は何故、と『血を啜りし獣』に問い質している。その問いに白き古の怪物《おに》は答えない。ただただ冷たく、無機質な瞳を自身の爪に貫かれた一匹の禍鬼《まがつき》を傍観している。その挙措《きょそ》から怪物が何を思ったのか、まるで読めない。

そうこうしている間に、『血を啜りし獣』は爪を振り払う。まるで叩《たた》き潰した羽虫に嫌悪感を抱くように、禍鬼《おんな》を断崖絶壁の外へと放り投げ捨てた。

どうやら彼女は食すに値しなかったらしい……それはさておき。

「な、なんやあの怪物！　自分の仲間を殺しよったで！」

「わ、わからない。わからないけど……」

禍鬼《おんな》が死んだのならば、千年守鈴姫にかけられた術は解かれている。

呆然《ぼうぜん》と『血を啜りし獣』を見つめている横顔を見やり、ふと我に返った愛刀と目が合う。瞳はまだ相変わらず赤いままだ。即ちそれは禍鬼《おんな》がまだ生きていることの意味にして、恐るべき生命力を保有していることの表われでもあった。

（あの高さと傷でまだ生きているなんて……信じられない生命力だな）

ともあれ、まだ脅威は去っていない。悠は刀を構えた。『血を啜りし獣』はもちろんのこと、千年守鈴姫を正気に戻さねばならない。共に歩んできたからこそ、互いの手の内はわかっている、それでもまだ彼女に軍配が上げられたままなのは、やはり種族というどう足掻《あが》いても覆せない差が大きい。

未《いま》だわからない千年守鈴姫の刃戯《じんぎ》。それを打破せぬ限り、結城悠に勝ち目など最初からなきに等しく。それでもやらねばならないのが、仕手としての務め。

「鈴……」

「……『血を啜りし獣』が復活しようがボクにはどうでもいいよ。それで他の邪魔な女が消えてくれるのなら大歓迎だけどね」

「鈴……いい加減に目を覚ませ！　いつまでそうやってあいつに操られているつもりだ!?」

「ボクは至って正気だよ！　悪いのは全部悠じゃないか！　せっかく再会したのに他の女の子ばっかり構ってボクのことだけを見てくれない、ボクっていう刀があるのに満更でもない顔で接している！　悠はボクの主《あるじ》なんだよ？　だったらボクをもっと見てよ……ボクだけしか見ないでよ！」

「鈴……！」

「悠！」

「お、俺なら大丈夫だ！　それよりも……そっちをなんとかしてくれ！」

千年守鈴姫だけではない。本元がまだ残っていて、真の脅威はどちらかと言えばそっちだ。そうなると戦力は必然的に一対九へと分配されて、悠《いち》を除く全戦力は『血を啜《すす》りし獣』へと向けるのが定石である。

「な、なんとか言うてもやなぁ……！」

「今ここで頼れるのはもう鬼神丸しかいないんだ！　だから……！」

「……あ〜もう！　こうなったらヤケクソや！　全員いつまでボサッっとしとんねん！伝説の怪物やろうが鬼やろうがウチらのやることは変わらへんで！」

鬼神丸国重の号令に、隊士達の目にはようやく闘志が戻り始める。

「ええか!?　ここで逃げたら士道不覚悟で切腹や思うときや！　行くでぇぇぇぇぇぇっ!!」

猛々《たけだけ》しい掛け声と共に鬼神丸国重率いる三番隊は『血を啜りし獣』へと肉薄した。

（……すまない。できるだけ、俺も早くいくからっ――）

だから死ぬな。突撃する三番隊の背中を目の端で見送る。

鬼神丸国重が如何《いか》に強者であろうと、あの『血を啜りし獣《かいぶつ》』には勝てないことを悠は知っていた。

「ほらまた。またそうやってボクを見てくれない……ボクだけを見てってば悠!!」

「ぐっ……！」

打ち込まれる一刀は鋭くて、とても重たい。そこには溢《あふ》れんばかりの、千年守鈴姫の感情が込められていた。それが太刀打ち合わせるごとに悠の心に圧《の》し掛かってくる。何故気付かなかったのか、何故気付こうとしなかったのか。まるで、そう攻め立てられるかのように。

（お前は……そんな風にずっと思っていたのか）

皮肉にも禍鬼《おんな》に操られたことによって初めて知ることができた、内に秘められた愛刀の真の想い。それを理解した上で今、俺はあいつに何をしてやれる。刃を交える最中、悠は叱責するように自らに問う。

納得のいく答えは出なかった、はもう許されない。考えて、考え抜いて答えを出す責務が今の自分にはある。

（俺は……！）

「悠さん！」

「み、三日月さん！」

あの巨体だ。きっと遠くからでもよく見えるに違いない。だから新撰組屯所にいる面々がこの場に駆けつけてきてくれたことは、今の悠には奇蹟にも近しい。これで再び戦局は均衡を保った、と……そう信じて、悠は千年守鈴姫を力任せに押し返す。

同時に天下五剣と新撰組が集う。その様子を誰よりも面白くないと言わんばかりに、千年守鈴姫の瞳は三日月宗近だけを捉えている。最初の打ち合いにて完膚なきまでに叩《たた》き潰された相手だ、彼女に対する憎悪が誰よりも色濃いのも気のせいではない。

「な、なんなのだアレは!?」

「……あれが『血を啜《すす》りし獣』だそうですよ。あの禍鬼《おんな》が甦らせたみたいです」

「馬鹿な！　あれはただの伝説ではないのか……」

「あれが、『血を啜りし獣』……」

「とにかく、皆さんは鬼神丸国重に加勢してください。俺はこいつを……千年守鈴姫を正気に戻しますからっ」

「あれは……千年守さんですか？」

「……あいつは今操られています。術者はさっき『血を啜りし獣』に刺されて崖の下です。ですがまだ生きている……生きているけど、そこまで行って息の根を止める時間はありません」

「なるほど、わかりました。ならば悠さん、ここは私に任せてもらえませんか？」

「えっ!?」

「確かに、あのような手合いであれば三日月。貴様が適任であろうな。悠よ、ここは三日月に任せておくといい」

抜刀して千年守鈴姫の前に立つ彼女の言葉には絶対の自信があった。

それを見送る仲間の反応は三日月宗近に対する信頼が読み取れた。

話がとんとんと進められていき――いやいや、少し待て。急な展開に思考がついていけなかった悠はなんとか話の輪に入り込む。

「ま、待ってください三日月さん！　鈴は俺が……」

「では率直にお尋ねしますが、悠さんはどうやって彼女を呪縛から解き放つつもりで？」

「そ、それは……！」

「三日月宗近……三日月宗近ァァァァァァッ!!！」

愛刀が吼《ほ》える。とても狂おしく、とても禍々《まがまが》しく。この世のすべての憎悪を掻《か》き集めたかのような一撃と、月をその名に宿す白刃がぶつかり合う。

「三日月宗近……またボクから奪いにきたんだな。悠を奪いにくるやつはボクが絶対に許さない、殺してやるっ……死ね、死ね死ね死ねシネシネシネシネッ!!」

「鈴、お前の相手はこの俺だろう！　他の関係のない人に手を出すな！」

「グゥゥゥゥゥゥゥッ!!」

「鈴……！」

声を掛け続けていれば、きっと正気に戻ってくれると思っていた。

いつもの優しくて頼れる愛刀として戻ってきてくれると信じていた。

だが、恋敵と対峙《たいじ》した彼女の心には自分の声は響かない。届きそうにもない。負の感情に支配された者から救う術《すべ》を、悠はたった今すべてを失ってしまった。

（……俺は――）


――いいか悠よ。我らは仲間であり家族だ。故に連携……〝ちぃむぷれい〟を何よりも重視する。たった一人の私情が仲間の命を危機に晒《さら》すことにもなることは、まぁ某《それがし》が言わずとも貴公も理解できていよう……うん？　どうしてそんなに近いのかだと？　まぁ気にするな！――


「……三日月さん」

目の端には『血を啜《すす》りし獣』と戦っている三番隊の姿が映っている。既に大半が地に伏し、辛うじて戦えている鬼神丸国重も、その疲労と傷を見やればいつまで防戦に徹していられるかもわからない。数分か、一分か、あるいは……次の瞬間か。

それを自分の独りよがりで押し問答している時間がどこにある。猶予などというものは、最初から用意されてなかっただろうに。それこそ、臨機応変ルコトヲ許サズ……長曽祢虎徹の——新撰組の法度に反する愚行ではないか。

「恥を承知で頼みます——鈴を、どうか正気に戻してやってください！」

「ええ、任されました」

優しくも力強い笑みに軽く会釈を返して、悠は地を蹴り上げる。

「小狐丸、それと清光さん。俺と一緒に来てもらえませんか⁉」

「君からのお誘いだ。もちろん、どこまでも一緒に行くよ」

「わわわ、私ですか⁉　と、とうとう悠さんから私に純潔を捧げ——って、今はそんなことをしてる場合じゃありません。今だけは絶対に、何が起ころうと鼻血は出しませんよ！」

「それじゃあ失敗だね。もう出てるよ……いつもより量は少ないけど」

「悠よ、貴公は何をするもりだ？」

「……皆さんの力を疑うわけではありませんが。恐らく、このまま全員が立ち向かっても『血を啜《すす》りし獣』に決定打を与えられるかわかりません。アレを倒すには特別な武器がいるはずです」

「特別な武器？　それは……まさか！」

「俺は今からそれを取りにいきます。小狐丸、清光さん。どうか護衛をしてもらってもいいですか？」

「もちろんだよ。悠には私が誰であろうと指一本近付けさせやしないさ」

「私も精一杯頑張ります！　だ、だからこれが終わったら私と一緒に、その――」

「じゃあすぐに戻ってきます。それまでどうか、皆無事で!!」

まだ何か言いかけていた加州清光を置いて、悠は街を目指して走り出す。

ここで完膚なきまでにあの怪物が倒れてくれたのならば、それに越したことはあるまい。だが、念には念を。万が一を想定すれば、いきすぎたることは悪いことでもないのだから。加えて……。

（あの夢……）

ただの偶然とは思えない。まるで『血を啜《すす》りし獣』が復活することを暗示するかのように。夢の中の話だ、と片付けるのはあまりにも早計ではないだろうか。

試してみる価値は充分にある。並走する小狐丸と、やや遅れてやってきた加州清光と共に、悠は来た道を疾風の勢いで戻る。

零嗤鬼《ぜろしき》の滝へと向かう前と比べて、神威の町は不気味なほどに静かだった。人っ子一人いない光景に不安を憶えて、それを素早く読み取ったのだろう。加州清光が口を開いた。

「皆さんなら屯所に避難していますから大丈夫ですよ！」

「そうですか。それならよかったです」

「でも、あそこに一人誰かいるけど？」

小狐丸が指摘した通り。まだ町に人が残っていた。

逃げ遅れたのか。いや、そうであったならもっと慌てふためくなりしていなければならない。

彼は明らかに何かを待っていた。その待ち人が、どうやら到着したらしい——パタパタと駆け寄ってくるその男に、悠は目を丸くする。あの資料館の運営者だ。

「あなたは……どうしてここに!?　屯所へと避難するよう呼び掛けたはずですよ！」

「わかっています。ですが……どうしてもやらねばならないことがあったのです——結城……悠さんでしたね。あなたにこれを渡すために……」

シワの入った両手の上で鎮座するのは、今はもう錆《さ》び付き剣としての機能を失ってしまった遺物。これこそ悠が求めていたものであって、しかし……。

「俺に、これを？　けど、どうしてですか？」

「……実は昨晩夢を見たのです。青白く光り輝く男が、あなたにこれを……天吼《てんほう》・星獣《せいじゅう》剣《けん》を渡せと」

その一言が、脳裏に眠っていた記憶を呼び覚ます。

（あの男のことか……！）

すべてがここに繋《つな》がった。それは同時に、大役を任されてしまったことも意味している。夢という形であの男が介入してきたのは、すべてこの時のために。

どうやら、あの男のいう希望の光が俺らしい。伝説の剣に認められたことは素直に喜ばしくは思うが……。

（責任重大だな）

それでも任されてしまったのなら、悠はやるしかない。元より『血を啜《すす》りし獣』は討つつもりでいたのだから、さして問題はない。むしろ魂は昂ぶりつつある。伝説に認められたのならば、それに応えるまで。結城悠は振るうに相応《ふさわ》しい男に選ばれたと、胸を張って言えるためにも。

「そんなボロボロの剣が使いものになるとは思えないけど……悠？」

「大丈夫だ小狐丸。こいつは――」

刀身を掴《つか》む。ボロボロだった刀身が崩れ落ちていく。それはまるで殻を破り雛《ひな》が孵《かえ》るように……

「間違いなく最強の武器だ」

蒼《あお》く輝く龍《ひかり》が雪空を舞った。

◆　◇　◆　◇　◆

咆哮《ほうこう》と轟音《ごうおん》の中に、幾度となく金打音が混じる。

演奏者は二人。しんしんと降る雪は、不運にも彼女らの前に降り立ったことで地に着くことなく消失という運命を与えられる。その元凶たる三刃が、三十七合と打ち合ってついに均衡を保った。鍔迫《つばぜ》り合いの状態で両者は、互いを見据え合っている。

片や、翡翠色《ひすいいろ》の瞳には憎悪に取り付かれた一匹の剣鬼が映っていた。

片や、赤き瞳には悲しみの中に慈愛を宿す一人の聖女が映っていた。

「……憐れですね千年守鈴姫さん」

相反する感情を正面からぶつけ合い、聖女が先に口を開く。その言葉には相手への悲哀が込められている。

「最初にあなたと刃を交えた時の方が、とても強かった。けれど今は……とても弱くて、脆《もろ》い」

「黙れェ！　黙れ黙れ黙れっ!!」

否定と共に鋭い一撃が三日月宗近を弾き飛ばす。理性では理解しても心が認めない、認めたくない……まるでそう捉えられるかの如《ごと》き挙措《きょそ》に、三日月宗近は表情を変えない。軽やかに身を転じて、ふわりと雪上に降り立つ。

「復讐や憎悪に駆られた剣で本当に私に勝てるとでも……いいえ、悠さんを守れると、本気でそう思っているのですか？」

「ッ!!」

「さて、そろそろ終わりにしましょう。早く合流しないと大変なことになりそうですので、ね……」

そう口にする三日月宗近の遥か後方では激しい戦いが繰り広げられていた。

伝説を相手に、他の鬼と比べて易々と勝てる相手ではないことは理解している。その傍らでは、最強だと評価した仲間が倒してくれると信じていた。

現実は……。

「ちょ、本当になんなのコイツ!?　こっちの攻撃効いてないし逆に折られそうなんですけど!?　ちょっと安綱しっかりやってよねもう！」

「ええいうるさいうるさい！　我とて精一杯やっているわこのたわけがっ！　貴様こそもっと気合を入れぬか！　さもなくば……！」

「あぁ、認めたくないがこの鬼……強い！」

「某《それがし》らの刃戯《じんぎ》を、こうも容易《たやす》く防がれるとはな……！」

戦いが始まってから、未《いま》だ誰も討ち取れない。そればかりか一太刀も浴びせられず、防戦一方を強いられている光景が、三日月宗近は信じられなかった。

少なくとも大典太光世と童子切り安綱については、共に幾度となく死線を潜《くぐ》り抜けてきているし、あの『兎杷臥御《とばふしみ》の戦い』では互いに競い合った仲だ。そうして時間を共にしてきたからこそ、三日月宗近が彼女らへ寄せる信頼は人一倍厚くて、本気を前にしても平然としている『血を啜《すす》りし獣』の強さに彼女の顔にも焦りがわずかばかりに示されている。同時に悠の口から出た、特別な武器の必要性も強まってきた。

（早く千年守さんを正気に戻して、私も加勢しないと……悠さん――）

どうか私を守ってください、私に対する愛で力を与えてください。正眼に構え、三日月宗近は意識を集中させた。

「次で終わりです。覚悟してください、千年守さん」

「うるさい……うるさいうるさいうるさいっ！　もう誰も邪魔するな喋《しゃべ》るなボクの悠に近寄るなぁぁぁぁぁぁあっ!!！」

「刃戯《じんぎ》――【月華彌陣《げっかびじん》】……――」

「ッ!?」

千年守鈴姫の顔が驚愕《きょうがく》に歪《ゆが》んだ。無理もない話だ。彼女の視界には、自ら攻撃の手を中断させてしまうほどの事象が起きていて――対峙《たいじ》している相手に物理的変化が生じたならば、たとえ彼女でなくともその思考に混乱を招こう。

金は銀へ。翡翠《ひすい》は青へ。白は白金へ。三日月宗近という一人《いちふり》の御剣《かたな》姫守は、自らにその変貌をもたらした。

三日月宗近の【月華彌陣《げっかびじん》】は、月が出ている夜にこそ、その真価を発揮する。事実そうであるし、彼女のことをよく知る者ならば絶対に夜に闘いを挑もうとしたりしない。

狙うのならば日が高い内に仕留めればよい。そのような浅い思慮で挑んだ輩は、彼女の月刃に敗れ去ることとだろう。

【月華彌陣《げっかびじん》】の真の効果は、月光の蒐集《しゅうしゅう》にある。自らの体内に気力《エネルギー》として蓄積し変換する。夜に何十倍もの力を得られるのは、彼女という器に収まりきれずにもれ出したことによる、いわばオマケのようなものにすぎないのだ。

真の力を解放した時、それこそ三日月宗近の真骨頂である。

【月華彌陣《げっかびじん》】が使えるのは夜だけ——断じて、否。そうした認識の誤りを抱かせるのも、自身を有利に運ぶための策の一つでしかない。彼女の刃戯《じんぎ》の真価を知る時、それは自らの命を対価として払った者のみこそが垣間見ることを許されよう。

「廻天双月《かいてんそうげつ》!」

銀糸をさらさらと流しながら放たれた刺突《つき》には一点の躊躇《ためら》いもない。そのまま無慈悲にも呆然《ぼうぜん》と立ち尽くす千年守鈴姫の心臓へとずぶりと穿《うが》った。眩《まばゆ》い純白の極光が背中を突き抜ける。

しん、と。静寂が彼女達の空間に流れた。やがて、三日月宗近が口を開く。

「……私の勝ちです、千年守さん」

勝負あり。その結果に文句の付けどころはない。

三日月宗近が勝ち、千年守鈴姫が敗北した。

ゆっくりと引き抜いた刃を翻して、三日月宗近は踵《きびす》を返す。既に彼女の意識は次なる敵手へと向けられていて、未《いま》だ立ち尽くしたままの千年守鈴姫は——

「ボ、ボクはいったい……」

心臓を貫かれて尚、生きていることに酷《ひど》く狼狽《ろうばい》していた。心臓部に穴こそ空いてあれど、その柔肌には傷一つ付けられていない。心臓を貫いたはずの刃が、どうして彼女を生かしているのか。その答えは……。

「私の【月華彌陣《げっかびじん》】の真の力は、邪気を払うことです。先程の一撃はあくまであなたを操っていた術の根源……即ち、鬼の力を浄化したまでにすぎません」

「…………」

「そして……目は覚めましたか？　千年守さん」

「ボ、ボクは……ボクは……！」

「……一先《ひとま》ず、後悔するのであればすべてを終えてからにしていただきましょう。今は後悔よりもやるべきことがあります。あなたも御剣姫守《みつるぎのかみ》ならば……いえ、結城悠さんの愛刀であったのならば。私が言わずとももう理解しているでしょう？」

「…………」

その時。三日月宗近はばっと振り返った。その顔には先程まで緊張感で張り詰められていた顔もどこへやら。頬をほんのりと赤らめて、頬を緩めている彼女の視線の先。駆け寄ってくる想い人の姿があった。

◆◇◆◇◆

息をわずかに乱して、再びやってきた戦場にて悠はまず安堵《あんど》の感情《いろ》を顔に示した。何故なら、千年守鈴姫も三日月宗近も生きていてくれているからだ。

どこか呆然《ぼうぜん》としてはいるものの、赤かった瞳が元の色素を取り戻している愛刀に、彼の顔にはその安心感から満面に笑みを浮かべる。

（あの禍鬼《おんな》の呪縛から無事解放されたんだな……）

その貢献には当然、三日月宗近の存在を忘れてはならない。彼女がいなければ、愛刀は一生正気に戻ることなく。そのまま剣鬼として人類の敵になりかねなかったかもしれない。

深々と頭を下げて、ふと悠は視線に気付く。もちろん、その視線の主とは三日月宗近を除いて他にいないのだが……。

「……三日月さん。本当にありがとうございました。この恩、必ず返させていただきます──この件につきましては、また後程話し合いましょう」

「いえお礼だなんてそんなもの望んでいませんよでも悠さんがどうしてもって言うのなら結婚して──」

「それと、そのお姿は？」

「えっとこれですか？　これは私の【月華彌陣《げっかびじん》】の真の力を解放した姿です。そ、それよりも日取りはいつぐらいにいたしましょうか私としては明日にでも──」

「鈴……」

「は、悠さん!?　無視するなんて酷《ひど》いです！」

「当たり前だよこの馬鹿姉。君はもう少し場の空気を読む修練を積んだ方がいいみたいだね」

「……言ってくれますねこの駄狐。久方振りに駄狐《いもうと》の躾《しつけ》をする必要があるようです」

「言ってる場合じゃないですよ二人とも!?　は、悠さん私達は先に行きますからっ！」

呆《あき》れ顔の加州清光に引きずられていった二人を目の端で見送り──さて。悠は改めて己が愛刀と対峙《たいじ》する。操られていた時にあった殺意は嘘のように消えていて、代わりに罪悪感がひしひしと伝わってくる。

「鈴……」

もう一度、愛刀の名を呼んだ。

返事はない。目も合わせようともしない。ただ固く口を閉ざして、顔をただただ俯《うつむ》かせている。それにとうとう痺《しび》れを切らして、悠は千年守鈴姫の顔を両手で優しく挟み込んだ。そしてもう一度、彼女の名を口にする。

「鈴――」

今度は優しく、かつて泣いていた幼き自分に母が話し掛けてくれたように。ゆっくりと静かに、顔を上げさせる。それに抵抗されることもなく、ようやく視線を交わらせた。

千年守鈴姫は泣いていた。声を殺し、目元を真っ赤に腫らして、涙と鼻水でぐちゃぐちゃに顔を汚しながら。悠を捉えている瞳は、ただただ許しを乞《こ》うている。

正しく怒られた子供が親に許しを乞う目だ。悠はそのまま、そっと千年守鈴姫を抱き寄せた。

「俺なら大丈夫だし、お前は操られていただけだ。だからそんなに気にするな」

「でも……でもボク、悠に酷《ひど》いことしちゃった。それに、他の人達にもいっぱい……！」

「……前にも言ったけど、お前は俺の愛刀《かたな》で俺はお前の仕手だ。一度は手放してしまったお前を、俺は何があっても絶対に片時も離さない。何をする時も一緒だ。悪いことをしたのなら、俺も一緒に謝ってやる。だから、これからもずっと俺の隣にいてもらうぞ鈴。もちろん俺もお前の隣にいる……ここに誓う」

「悠……」

「それに誰かと結婚するつもりなんて今はないし、既成事実なんかも作らせない。まだまだ現役を引退するには早すぎるからな」

「悠ぁ……！」

幼子のように泣きじゃくる千年守鈴姫の頭を撫《な》でてあやし続ける。

やがて、悠はその手をゆっくりと離した。何事もなければ、このまま続けてもよかったのだが……。

「そろそろあいつをどうにかしないとな」

視線の先では、未《いま》だ健在の『血を啜《すす》りし獣』がいる。天下五剣――三日月宗近に至っては真の力を解放している――がいるにもかかわらず、未だ落とせていないその堅牢《けんろう》さと強さに、然しもの敵も今度ばかりは一筋縄ではいかない。伝説とはそれだけに強大で、だからこそ。

（今度は俺がみんなを守る番だ……！）

ここに戻ってくるまで後生大事に持っていた右手のソレに視線を落とす。同じく、千年守鈴姫もソレの存在に気付いた。

「悠……それは？」

「これか？　これはあの怪物……『血を啜りし獣』を倒すための秘密兵器ってとこだ」

ぐるぐるに巻かれた白い布から顔を覗《のぞ》かせているのは一本の柄。はらりと、完全に取り払われたことで全貌が明らかとなる。

全長だけでもその長さは八尺はある。鞘《さや》、柄ともに目立った装飾は施されておらず。だが、抜き放つだけでも仕手に多大な苦労を掛ける刀身《それ》は鏡のように美しい。

「すごく、きれい……」

「あぁ、ようやく宿願成就されようとしているんだ。こいつも気合が相当入っている」

「宿願……？　こいつ……？」

「後で詳しく教えてやるよ。今はあいつをどうにかしないとな」

三日月宗近達の下へと駆け寄る。

「悠さん！」

「すいません、ながらくお待たせいたしました。後は俺がなんとかしてみせます」

「貴公が一人でだと？　そんな無茶な真似を某《それがし》が許すと思っているのか！」

「大丈夫ですよ虎徹さん。俺一人だけなら無理だったでしょう、が……今回はこいつがありますので――『血を啜《すす》りし獣』！　この剣に見覚えがあるかっ!?」

見上げるほどの相手の耳にこの声が届くか、などという心配は杞憂であった。

いや、言葉が通じずとも理解できるものならばあるではないか。一度は撤退し、二度目は人間の女性に封印された経験があるからこそ。悠の右手で眩《まばゆ》い輝きを放つソレを前に、予想以上の反応《レスポンス》が返ってきた。

「動揺しているな？　まぁ無理もないだろう。お前のことはこいつが色々と見せてくれた。そしてそこに宿る意思もな——もう封印なんて生易しいことはしない。お前が喰《く》らってきた犠牲者の魂、今日ここで解放させてもらうぞ！」

『血を啜りし獣』が吼《ほ》える。そこには先程まではなかった焦りが孕《はら》んでいる。

当然だろう。封印された時、オキクルミは〝女性〟だったからこそ真の力を解放するに至らなかったのだから。今回の仕手は男……結城悠の前に、天吼《てんほう》・星獣剣《せいじゅうけん》も真の力を発揮する。

再度、『血を啜りし獣』が吼えた。すると、ある変化が周囲に現われる。

雪が独りでに盛り上がるや否や、そのまま形を変えた。雪の身体を持った怪物である。

「雪を操る能力か？　厄介だな姉者」

疲れを顔に表わしている和泉守兼定の言い分は正しい。雪の身体を自由自在に操れるのならば、まず完璧に殺すことは不可能。斬ったところで雪。痛くもなければ死という概念すらも彼らにはない。付け加えて、この神威であれば材料となる雪は腐るほどにある。即ち、これから無限に等しい数と戦わなければならなくて——そうとわかっていように、誰もその顔を絶望に染まらせていない。

笑っていた。上等だ遠慮なく掛かってこい、と。まるでそう言っているかのように。その不敵な笑みが、何よりも頼もしい。釣られて不敵な笑みを浮かべながら、悠は天吼《てんほう》・星獣剣《せいじゅうけん》を構えた。

「あいつはこの剣でしか倒せません！　ですから皆さんは援護をお願いします！」

「まったく……男である貴公にすべてを託してしまうのは、新撰組局長……いや、御剣姫守《みつるぎのかみ》として心痛いが。今回ばかりは仕方あるまい。安心しろ悠よ。某《それがし》らが、この命に代えてでも貴公には指一本触れさせません」

「それは私の役目なんですが……まぁ悠さんを守るという目的は同じです。今回ばかりは過去の因縁は忘れて協力し合いましょう」

「足ひっぱんないでよ、かしゅー」

「それはこっちの台詞《せりふ》ですからっ！」

「行くぞ和泉守」

「自分に命令していいのは姉者だけだ。貴様の命令は一切受け付けけん、逆に自分についてこい」

「やれやれ、悠は私の男《もの》なんだけどなぁ……」

「ウチの男やで！　そこんとこ間違えたらアカンからな！」

「またやってるよ悠……」

「……そう心配しなくても大丈夫だ鈴。これでいいんだよ、これで。だって――」

言葉ではいがみ合っていても、恨みや憎悪を感じない。一度は確かに別れてしまったけど、完全に姉妹の絆が断ち切られてしまうことなど決してないのだから。

「……うん、そうだね」

「……全員これが最終決戦と思え！　我ら新撰組の役目は結城悠をあの怪物……『血を啜《すす》りし獣』へと辿《たど》り着くまで護衛することにある！　たとえ四肢がもがれようと、命を落とそうと、たった一人の男を守れないことを何よりも恥と思え！」

「全軍突撃！　某《それがし》に続け!!」

長曽祢虎徹と和泉守兼定の力強い号令と、先陣を切った局長らの後ろを隊士達が追従する。彼女達の雄叫びと地踏みは大地を鳴動させて、雪の怪物の群れへと一気に向かう様はさながら雪崩れのよう。

「私達も行きましょうか」

「うむ。ここで遅れては天下五剣の恥。遅れを取るわけにはいかんからな！」

「光世も今日はいつも以上に本気出しちゃおっかな！」

「ここで悠にまたできる女ってところを〝あぴぃる〟しておかないとね」

三日月宗近達もまた、彼女らの戦線へと加わる。

「悠……ううん、主《あるじ》」

「どうしたんだ急に。悠でいいんだぞ？」

「それは二人っきりの時だけにしたい、かな。駄目？」

「いいや、全然大丈夫だ――それじゃあ鈴、俺達も行くぞ!!」

「うん！」

愛刀を率いて悠は地を蹴り上げた。剣林雪牙《けんりんせつが》の中を直進する悠の足取りに迷いは一切ない。何故なら頼もしき仲間がたくさんいるから。大切な愛刀が一緒に戦ってくれているから。安心して悠は背中《いのち》を預けて敵手へと向かうことができる。

「ボクね！　わかったんだ主《あるじ》！」

「何がだ!?」

敵を切り裂く傍ら、ふと話し掛けてきた千年守鈴姫に悠は尋ねる。

「ボクの刃戯《じんぎ》についてだよ！」

「それは、よかったな！」

「ボクの刃戯はね、主がいないと駄目みたいなんだ」

「俺が？」

「前の時もそうだった。悠と一緒に鬼と戦っている時が、一番ボクは自分の実力が出せたんだ。だからボクの刃戯の発動条件は主が傍にいてくれないと駄目なんだって！」

「俺が……」

言われてみて、確かに。悠には思い当たる節があった。

一緒に戦っている時とそうでない時とでは、明らかに動きのキレが異なる。些細《ささい》な変化ではなく、恐らくは素人目であっても気付けよう。

特定の人物が一緒にいることを発動条件とする千年守鈴姫の刃戯。時間帯による条件《もの》もあるぐらいなのだから、彼女のようなものがあってもまぁ不思議ではない。

しかし、なんとも限定的《ピーキー》すぎる。これは裏を返せば、対象となる人物を失えば二度と能力を使えないことも表わしているのだから。

「二人で……か」

「主？」

「……鈴。お前は怒るかもしれないけど、俺はお前が御剣姫守《みつるぎのかみ》になったと知った時、お前を守らないといけないと思っていた。いや、お前にまで守られるのが何よりも嫌だったんだ……」

「主……」

「……お前を守れるのなら、俺は喜んで喩宇鬼《ゆうき》にもなれる――でも、今は考え方が少しだけ変わった。俺……結城悠は千年守鈴姫があってこそ初めて結城悠《おれ》なんだ。だから……その、これからは二人で！　俺と一緒に戦ってくれないか？」

「……何言ってるのさ主。今更すぎるよ、そんなの。ボクだって仕手がいなかったら何もできないもん。だから、ボクを振るって主。主が手に取ってくれなきゃ、ボクは弱いままだからね」

「……当たり前だ！　俺達は二人で一つだ、これからは俺の背中《いのち》は全部お前に預ける！」

「任せてよ主《あるじ》！　それじゃあ早速見せ付けようよ、これがボク……ううん、ボク達の刃戯《じんぎ》
――えっと、双極神楽《そうきょくかぐら》!!」

「いい名前だな！」

「今思いついた！」

お互いに小さく笑って、敵を斬り捨てる。案の定、敵を斬ったところで何度も新たに兵力が補充されていく。それでも悠の歩みは止まらない。前へ、前へと。目の前の敵だけに集中して天吼《てんほう》・星獣剣《せいじゅうけん》を振るい続ける。

背後から、真横から敵が迫ろうと彼の意識は前のみを捉え続けている。

「迦具土神《かぐつち》!!」

「蒐極突剣《ちゃーじしょっと》・特大三ッ！　段ッ!!　突きッ!!！」

「廻天双月《かいてんそうげつ》・凪《なぎ》!!」

道ならば仲間が切り開いてくれる。だから己はただ、まっすぐ突き進むだけでいい。

そして、ついに――悠は『血を啜《すす》りし獣』と対峙《たいじ》する。明らかな動揺と恐怖を見せる『血を啜りし獣』に悠は長刀を高らかに掲げる。

「さぁ、後はお前の出番だ天吼《てんほう》・星獣剣《せいじゅうけん》。今こそ気が遠くなるような昔に交わした誓い

を果たす時だ！」

悠は天吼《てんほう》・星獣剣《せいじゅうけん》をそのまま上段に構える。その状態から繰り出される技はもちろん唐竹斬り。縦一文字に敵手の脳天から股下まで一気に斬り抜ける基本中の技。

それでは見上げるほどの相手の頭上に、悠の身長だとまったく長さが足りていない――などという心配は皆無。

「今回限りの大技だ、とくと味わえ『血を啜りし獣』！　陽皇龍蒼《ひおうりゅうそう》・天醒刃楼《てんせいじんろう》!!」

稲妻のように鋭く打ち落とされた刀身から炎がわっと燃え上がるや否や、瞬きの次には蒼《あお》き龍へと姿を変えた。嘶《いなな》きを上げて雄々しく天へと昇り、怨敵をその目に捉えると蒼き龍《それ》は更なる変化を遂げる。

有機物から無機物へ。入念に立てられた刃はどんなに堅牢《けんろう》であろうと切り裂けよう。その正体は巨大な直刀――天吼《てんほう》・星獣剣《せいじゅうけん》そのものである。

仕手はいない――いや、仕手ならばずっと前から天吼《てんほう》・星獣剣《せいじゅうけん》の中で眠り続けていた。ようやく永き眠りより目覚めた大いなる意思によって、大きく振り翳《かざ》された刃は『血を啜りし獣』へと振り下ろされる。

斬と音が鳴った。ことりと首が落ちる。

呆気《あっけ》ない幕切れだった。あれだけ太刀打ちすら叶わなかった相手が、こうもあっさりと敗れ去ったことに誰しもがぽかんと口を開けている。その心情は、剣の担い手たる悠とて同じく。

（これが……天吼《てんほう》・星獣《せいじゅう》剣《けん》本来の力か！）

ともあれ、大将首が討たれたことで兵士達も戦意喪失――元の雪へと戻って、自然の一部として還っていった。

「おわっ……たのか？」

長曽祢虎徹がぽつりと呟《つぶや》く。誰に尋ねるわけでもなくこぼれたその言葉を、悠は拾う。

「恐……らくは、ですけど」

悠も、自身の言葉に自信を持てずにいた。本当に、これで終わったのだろうか。ずしんと大きな地響きを起こして崩れ落ちた様子と、無造作に転がっている首の生気のなさを見やれば、とても生きているようには思えないのだが……。

その時である。誰かが、あっ、と声を荒げた。

何事かとそちらに視線と意識が集中する。声を発したであろう隊士の一人は、空を見上げていた。信じられないものを見たとでも言いたげな表情で何を見たのか。釣られて一人、また一人と空を見やれば、彼女と同じ表情が次々と浮かぶ。

ただ、同じ驚愕《かんじょう》でこそあるものの、彼女達は絶望や恐怖を感じているのではない。その証拠に、皆の顔は次々と笑みに変わり始めている。神威という地に身を置く……いや、呪われた土地と化してから果たして何百年ぶりになるのであろうソレの再来に、喜ばぬ者などいるはずもない。

鉛色の雲の隙間から温かな光が地上へと差し込んだ。気が付けば、骨まで届く寒さも今ではすっかり穏やかな微風《そよかぜ》になっている。自然の恵みたる太陽が、神威の地に戻ってきた瞬間に立ち会えた——それをいち早く理解したであろう、長曽祢虎徹が刀を掲げて勝ち鬨《どき》の声を上げる。

わずかに遅れて、皆も勝ち鬨の声を上げる。遥か遠い世界から始まった永く続く因縁に、終止符が打たれた。

◆◇◆◇◆

漆黒の世界にしんしんと雪が降りしきる。不思議と、その雪は冷たくなかった。そっと手にとって見れば、すぅと静かに溶けて、まるで優しく抱き締められるかのような温かさが心身共に伝わってくる。

しばらく、ぼうっと立ち尽くしていると、目の前がぼんやりと光った。その光の中には見知った顔が一人。

——此度《こたび》は君の協力なくして、あの怪物は倒せなかった……礼を言う——

頬をわずかに緩ませて、男が頭を小さく下げる。それはこちらの台詞《せりふ》とだけ悠は返す。

礼を言われるようなことをした憶えはないし、それならばむしろ逆。悠が彼に感謝を述べなければならないだろう。彼——天吼《てんほう》・星獣剣《せいじゅうけん》がなければ、今頃は神威だけでなく国全土が雪に覆われた白死の世界へと変わっていたかもしれないのだから。

だからあなたが礼を言う必要はない。悠がそう告げると、男の目が丸く見開いて——それも一瞬。温かな輝きを灯した優しい目を向けられて、悠も小さく頷《うなず》いて返す。

——そろそろ別れの時だ、異界の勇者よ。死者はあるべき場所に行くのが自然の理《ことわり》。君が解放してくれた者達と……妻と一緒に私もそろそろ行かねばならない——

気が付けば、男の周りはたくさんの人で輝いていた。ありがとう、と絶えず感謝を述べてくる民衆の中に男が唯一感情を示した女性もいる。深々と頭を下げられて、悠もまた慌てて頭を下げる。

そして、一人……一人と。すうっと漆黒の世界に溶けていった。彼の言うあるべき場所。果たしてそこがどんな場所であるのかは知らないが、きっと穏やかで安息にすごせる場所であるに違いない。そう願いを込めて、悠は彼らの冥福を祈って見送る。

そうして、とうとう残されたのは男と女だけとなった。人がいなくなってからの二人は、大胆にも手を組んでいる。

——君のことは、剣を通して見させてもらった。だからこれだけは伝えておこう……君にはこれから先今回よりも大きな困難が待ち受けている。内容までは、申し訳ないが私の力ではそこまで見通すことはできない。だが必ず、君の前には更なる強大な敵が立ちはだかろう――

それは、また……。随分と大変なことになりそうだ。

しかし、悠の顔には絶えず不敵な笑みが張り付いている。困難ならば打ち壊せばいいだけのこと。今までもそうして乗り越えてきたのだから、今更逃げ出すなどという醜態は晒《さら》さない。どんな相手であろうと、ただ斬るのみ。剣鬼の在り方は、これで充分だ。

――大したことはできない。だが、君がその困難を乗り越えられるよう私からも力添えをさせてもらおう――

男の手に白い光粒が集束する。それは一振りの剣となった。天吼《てんほう》・星獣剣《せいじゅうけん》――男の愛刀であるそれを、彼から手渡された悠は当然断る。こんなすごい剣を受け取れるだけの資格も実力もないことは自分がよく知っている。

それでも男は……いや、彼の愛刀は自らの意思で仕手の手から離れた。ゆっくりと浮遊してくるそれを、悠は受け取るしかない。

――既に死している私には、もう無用の長物だ。だからこそ、これからを生きる君が持つに相応《ふさわ》しい。誰かを守るために剣を振ろうとする君ならば、喜んで私の剣も君に力を与えよう。それに、君が持つ剣とは相性がいいからきっとそれは馴染《なじ》んでくれるはずだ……では、そろそろ私達は行くとしよう。さらばだ――

その言葉を最後に、男と女は漆黒の世界から消失して――。

「…………」

同時に、悠はあるべき世界での目覚めを果たした。窓から差し込む太陽の光が、朝の訪れを告げている。

ふと、身体に圧《の》し掛かる重みに視線を向ければ。すうすうと寝息を立てている愛刀のかわいらしい寝顔がそこにあった。

「……鈴」

愛刀の名前を口にして、悠はそっと頭を撫《な》でる。指の間からさらさらと流れていく髪の心地良さをしばらく堪能していると――

「ん……うにゅ……」

「おはよう鈴。よく眠れたみたいだな」

「……あっ！　悠おはよう！」

眠り姫もまた、夢の世界からの帰還を果たした。

神威銀零戦争《かむいぎんれいせんそう》――和泉守兼定命名――から朝を迎えた神威の町は、いつもとは異なる活気に満ち溢《あふ》れている。雪が溶け、本来の姿を取り戻したように、彼女らの暮らしもまたあるべき形に戻りつつあろうとしている。

もうこの地が永久銀冷領域《えいきゅうぎんれいりょういき》……などと言われることもあるまい。これからは本土との行き来もしやすくなり、観光客もきっと増えよう。

その光景に、自分達があの怪物から勝ち取ったことを実感しながら悠が愛刀を連れて足を運んだのは、あの資料館である。

「あぁ、おはようございます。お待ちしておりましたよ、悠さん」

運営者の優しい顔に迎えられて、そして口振りからしてどうやら既にわかっているらしい。

中央の台座にて鎮座する件《くだん》のソレは、未《いま》だ美しい輝きこそ放つけれど『地を啜《すす》りし獣』と戦った時ほどの輝きを悠は感じない。それはきっと、宿願成就したことで仕手の魂が成仏したからであろう。

さて。用件がわかっているのなら助かる。安心して悠も目的を告げる。

「おはようございます。さっそくで申し訳ないのですが、実は今日はお願いがあってここに来ました」

「ええ、わかっております。あの剣……天吼《てんほう》・星獣剣《せいじゅうけん》のことでしょう。そのことについてならば、既に夢の中でお聞きしております」

「……本当によろしいのですか？　一応、あの剣はあなた達が代々受け継いで、守り続けてきたものです。それを俺なんかに渡しても……」

「構いません。すべてはこの剣……いえ、この剣の持ち主の意思。彼があなたにこの剣を託すというのなら、我々一同はそれに従うまで。神威を救った英雄を守るためにもなるのならば、喜んで差し上げます」

「……ありがとうございます。ではありがたく、この天吼《てんほう》・星獣剣《せいじゅうけん》ちょうだいします」

遥か遠き世界の英雄から受け継がれたもの。それを受け継いだ悠にはその責務を全うする義務がある。

安らかに愛する者と旅立っていった彼に恥をかかせないように。悠は天吼《てんほう》・星獣剣《せいじゅうけん》を手に取った。

ふと、どこか遠くから蒼《あお》き龍の嘶《いなな》きが聞こえたような気がした。

目的のものも入手して屯所へと戻る道中、ふと思い出したかのように千年守鈴姫が口を開いた。

「でも、本当にすごいよね。あんなすごい怪物を主《あるじ》はやっつけたんだよ？」

「厳密に言えば俺じゃないし、色んな条件が重なってくれたからこそだ。そもそもあいつは最初にあの男との死闘で疲弊していた。それを命からがら逃げた先が遥か宇宙の向こう……つまり高天原《たかまがはら》の神威だった。だがそこでも体力が回復するまでにオキクルミと天吼《てんほう》・星獣剣《せいじゅうけん》によって封印された――ここまで言ったら、俺がしたことなんて知れているだろ？」

俺はこの戦いでいったいどれだけのことをしてきた。そう自らに問う彼の表情は優れない。

何もしていない。自分がしたことなど、天吼《てんほう》・星獣剣《せいじゅうけん》の力を解放する触媒となっただけにすぎないのだ。それだけで神威を救った英雄などともてはやされる現状は、愛想よく応えている悠を大いに苦しめる。今回の勝利は、何もかもが運が味方してくれたから得られた。

「……でも、主がいなかったら今頃大変だったんだよ？　だからあんまり深く考えないでね。それにボク達は二人で一つの力なんだから！　ボクと悠ならどんな困難だって乗り越えられるよ！」

「鈴……ぁあ、そうだ。そうだな！　お前という御剣姫守《かたな》あっての俺だ。お前がいれば、どんな敵にだって俺は負けない」

「当然だよ！」

「……鈴、少しだけ寄り道していくか」

「え？　いいの？」

「ちょっとぐらいなら平気だろう」

「やった！」

本来の予定から少しばかり時間を多く費やして屯所へと戻る。

既に門の前では三日月宗近達が集まって、手荷物やらを見れば出発の準備は整っているらしく……それはそうとして。その後ろでめそめそと泣いている新撰組はどうしたのだろう。見送りとしては、随分と周囲の空気がどんよりとしている気がする。

そんな心情で悠が屯所へと近付くと、新撰組隊士達はわんわんと声を上げて泣き始める。その光景には、悠も頬をひくりと引きつらせる。

「行かないでよ悠きゅ～ん！　悠きゅんがいなくなったら私達これからどうやってすごしていけばいいのぉ……！」

「い、いやそんなこと言われても……」

「えぇい、いい加減に泣くのは止めよみっともない！　貴公らはそれでも新撰組の隊士か！」

長曽祢虎徹の一喝に、隊士達の目はお前もだろうとツッコミを入れるかのように冷ややかなものだった。部下を嗜《たしな》めた彼女こそ涙と鼻水でぐしゃぐしゃの顔をしていて、新撰組局長としての威厳などどこにもない。

加州清光に至っては、別れを惜しむ傍らで妄想による鼻血を出すという器用な技を披露してくれた。

ほくそ笑む……でいるつもりなのか。明らかに嬉しそうに口元を緩めている三日月宗近らを一先《ひとま》ず後回しにして、悠は長曽祢虎徹に手拭《てぬぐ》いを渡す――ものの一瞬で奪い取られて、懐へとしまわれた。

（まぁ、顔がきれいになったしいいか）

別段取られても量産品を奪われたぐらいで目くじらを立てて怒る必要もあるまい。

「あ～……すまない悠。貴公には見苦しいところを見せてしまったな」

「いえ、俺は特に気にしていないので大丈夫です」

「そう言ってもらえるとありがたい……――と、時に悠よ。貴公はその……本当に行ってしまうのか？」

「ええ、俺はそろそろ本土へ――弥真白《やましろ》に帰ろうと思います」

『血を啜《すす》りし獣』を討伐した報酬として、悠は千年守鈴姫の脱退を要求した。反対の声が多々上がるも、神威を救った功績を交渉材料に出せば彼女達は口を閉ざすしかなく。この行為が卑怯《ひきょう》であることを自覚しながらも、誰も争うことなくきれいに事を収める方法として、悠にはこれ以上にない策だった。

結果、交渉は成立。悠は無事、愛刀を連れて神威を発つことができる。

それを諦めきれずに引きとめようとしてくるものだから、往生際が悪いとばかりに新撰組を見やる三日月宗近らの視線はとても鋭くて痛々しい。

「うぅ……ウチは嫌や！　悠はもうウチの……三番隊の隊士なんやで!?　隊長のウチをたくさん癒すっちゅう大切な任務をほったらかして行ってしまうなんてあんまりやない

か！」

「いや、そんな任務を受けた憶えはないしそもそも受けたくもないぞ俺は……」

「せっがぐ悠ざんど……グスッ、いっしょにやっていけると思っだのにぃぃ……一緒になっだらお風呂どがでばっだり……ぶふぅっ！」

「清光さん泣きすぎです。それと泣くか鼻血を出すかどっちかにしてください」

真っ赤に染まった二枚目の手拭《てぬぐ》いが懐にしまわれて、さて。悠は本題へと入る。

「虎徹さん、それに新撰組の皆さん。今日まで色々とご教示してくださり本当にありがとうございました。短い期間でこそあれど、数多くのことを学べたかと思います——ですのでこれはお返しいたします」

新撰組の証……ダンダラ模様の羽織を長曽祢虎徹へと返上する。

「……そうか、あいわかった。もはや何も言うまい。某《それがし》も貴公を快く送り出そう」

「……確かに俺は桜華衆《おうかしゅう》の一員です。だから新撰組に入隊することはできませんが、誰かのために剣を振るう目的は一緒です。ですのでまた神威に遊びに来た時は、色々と教えてもらえると嬉しいです」

「ちょっと待ってよ悠。君はまたこんな辺鄙《へんぴ》な場所に遊びにこようとしているのかい？さすがに君を預かる隊長としてはちょっと許可できないかな」

「パワハラって言葉を知ってるか小狐丸。どこへ遊びに行くかは俺の自由だろうに——それに、まだ神威ではやりたいことがあるんだよ」

「やりたいこと?」

小首をひねる小狐丸を他所《よそ》に、悠は咳払いを一つして話を再開させる。

「新撰組ですごした時間は、まぁ色々とありましたけど俺にとってはとても充実した時間でした。だから、またここにお邪魔してもいいですか?」

「悠……あぁ、もちろんだとも!　いつでも遊びに来るといいぞ!　その時は某自らが貴公に剣の手解きをしてやるとしよう!」

「自分もだぞ悠。そしてその時こそ悠を堕《お》とす」

「させるか馬鹿者が」

また始まった。和泉守兼定と童子切り安綱の口論を切っ掛けに、過去に因縁ある者同士らで醜い罵声《ばせい》の応酬が始まる。けれども、最初の頃に比べればどこか柔らかさがあった。

「三日月よ。次こそは某が勝つ、憶えておけ。それまでは貴公に仕方なく悠を預けておくことにしよう」

「えぇ虎徹さん。私はいくら挑まれても絶対に負けませんのでご安心ください――それまで、体調を崩したりしないように」

「ふっ、それは某の台詞《せりふ》だ三日月――貴公もな」

「……では、そろそろ行きましょうか。それじゃあ虎徹さん、和泉守さん、清光さん、鬼神丸、それに皆さんもお元気で！」

涙と共に盛大に見送られながら、悠は新撰組屯所を後にする。

ちぎれんばかりにぶんぶんと手を振っている彼女達の姿も見えなくなった頃。

「そう言えば悠さん。先程から少し、いえかなり気になっていることがあるのですが……」

不意に、三日月宗近が口を開いた。見やらずともわかる。彼女の声には嫉妬が孕《はら》んでいて、その原因もまた理解している悠は視線だけを右隣に移す。終始右腕にべったりとくっ付いて離れようとしない千年守鈴姫に思わず頬を緩めて――それがどうやら引き金を自ら引いてしまったらしい。猛抗議という波がざぁっと押し寄せてきた。

「どうしてそんなにも彼女とべったりと腕を組んでいるんですか⁉　そんな羨ましいこと私はしてもらったことありませんよ⁉」

「それを言うのなら私もだよ。それ以前に君には絶対に私よりも先を越させないけどね」

「光世も腕組んで歩きたいし！」

「どういうことか説明しろ悠！」

「ど、どういうことも何も。千年守鈴姫は……鈴は俺の愛刀です。剣士が自分の刀を携えることに何の問題が？」

「それはそうですけど！　でも、だからってその……！」

「なんと言われようと、千年守鈴姫は俺の愛刀です。こいつなくして、俺は結城悠《おれ》たり得ない。だからもう、こいつを片時も離したりはしたくないんです。だって千年守鈴姫《こいつ》は……鈴は俺の愛刀ですから」

「そ、そんな……！」

そう言い切って、まるでこの世の終わりとばかりに絶望する表情の四人には悠も苦笑いを浮かべる。寝取られた、と誰かがこぼした呟《つぶや》きも、誰とも交際していない悠にとっては酷《ひど》い言い掛かりでしかない。

「そういうこと。だからもう主《あるじ》にちょっかいを出すのは止めてくださいよ？」

「……いいでしょう。悠さんがあなたと行動を共にするというのであれば、私達からは何も言いません。剣士が愛刀を携えることは決して悪いことではありませんからね」

（……随分とあっさりと引いたな……）

もっと大荒れになるかと思っていたのに。三日月宗近だけでなく、他の面々も彼女の発言には同意を示している。それが返って不気味で、千年守鈴姫も警戒して腰の得物に手を伸ばしている。

「ですが!!　たとえ悠さんの隣を手に入れられたとしてもまだ反対側が空いています！　そこは即ち、正妻たる私の場所ですのでそのつもりで!!」

「いやいやいや。何を言っているのかなこの馬鹿姉は。そこは私の場所って悠と出会った時から予約してあるんだけど。ねぇ悠」

「そんなことをした憶えは一切ないぞ……」

「だ、駄目ですからねっ！　主《あるじ》はもうボクだけのものなんだから！　絶対に誰にも渡さないんですから！」

「知らないのかい？　この高天原《たかまがはら》ではね、一夫多妻制が認められてるんだよ。男を一人でも多く産まないといけないから……ね？」

「……主？」

「なんで俺を見る。俺はまだ誰とも結婚するつもりはないからなっ！」

「あぁ、今はいいぞ……今はな」

「絶対に光世が一番になるし」

不敵な笑みを浮かべる三日月宗近らの猛獣の如《ごと》き眼差しに、千年守鈴姫はきっと睨《にら》み返す。ばちばちと両者の間に火花が散っている……ように見えたところで、ふと思い出す。

弥真白《やましろ》支部に残っている四人の御剣姫守《チビッこ》と駄目な御剣姫守《おとな》が一人。彼女達が自分の愛刀を受け入れてくれるか否かもそうだが、ともあれ更なる波乱が巻き起こるのは、きっと避けられそうもない。

溜息を一つこぼし悠が見上げた空には、燦々《さんさん》と穏やかに輝く太陽が青空の中に浮かんでいた。

◆　◇　◆　◇　◆

女人禁制の男茶会で、もはや結城悠という立ち位置は神に等しいもの、らしい。らしいと言うのは、入って早々に温かく迎え入れられて大量の茶菓子を目の前に置かれて拝まれているからなのだが……。

「いやいやいや――」

俺はそこまでされるような人間じゃない。しかし止めろと言っても彼らの曇りなき瞳を見れば説得も効果が薄いことは明らかで。結果として悠は諦めて受け入れることにした。その内飽きて、また元通りの扱いになるであろう。

差し出された茶菓子を一つ摘み、悠は窓の方を見やる。千年守鈴姫が不服そうに頬をぷくっと膨らませて待機している。愛刀であっても御剣姫守《じょせい》である以上彼女もまた例にもれず。店まで説得するのに一時間を費やして、ようやく護衛として待機する形で納得した。

（後でどこかでうまいものでも食わせてやるか……――）

それよりも、まだ来ないのか。男茶会に参加していないたった一人の人物に悠は思いを馳せる。その様子を、まるで恋をしている少年のようだ、と誰かが言った。

なるほど、あながちその感情は間違いではない。俺は今か、今かとあの人が来るのを待っている。そういう意味では正しくて……けれども悠は男色に目覚めたりはしていない。

一見だけであれば少女にしか見えない美少年……俗に言う男の娘からがっかりされて、悠は身震いをする。男に性的に好かれるのは、できれば遠慮願いたい。

それはさておき。

「来たっ！」

窓の向こう。ぱたぱたと駆けてくる男に悠は席を立った。程なくして扉が勢いよく開かれる。ぜぇぜぇと息を乱している男と目が合う。無理矢理呼吸を整えてからの不敵な笑みに、悠の顔もぱっと花が咲いた。店主の持ってきた水を一気に飲み干すや否や、どかっと席に座ってようやく――。

「よぉ悠。依頼されてから随分と待たせちまってすまねぇな」

男――國鉄徹心は机の上に後生大事そうに抱えていたソレを置いた。

何だ何だと視線が集中する中で、悠は早速ソレに手を伸ばす。風呂敷を解き、立派な木箱の蓋を外す。上質な敷き布の上で寝かされているのは二振りの刀。これこそが、悠が國鉄徹心の来訪を待ち侘《わ》びていた理由であった。

弥真白《やましろ》へと帰ると、悠はいの一番に彼の工房へと足を運んだ。

理由は単純。天吼《てんほう》・星獣剣《せいじゅうけん》を結城拵《こしらえ》に打ち込んでもらうためである。

結城拵と相性がよい。その言葉の意味は、溶かして混ぜ合わせれば強力な刃となる、と。そうなれば当然悠が頼れる人物は一人に限られる。彼の存在なくして、結城悠に相応《ふさわ》しい刀は手に入らない。

「しっかしだ、お前さんはあれか？　俺をなんでもできる奴って思ってるのか？」

「いや、でももう頼れる人といったら徹心さんしかいませんし……」

「まぁ、ウチを贔屓《ひいき》してくれるのはありがたいのは確かなんだがな？　自分の作品をこう何度も混ぜ合わせるっていうのはなぁ……」

「ゲ、ゲームでも武器が次々と強化されていくのは王道ですので」

「〝げぇむ〟？　そりゃなんだ？　まぁいい。ともあれ完成したぞ悠。お前さんの言うように、あの長い剣はあの刀と非常に相性がいい。まぁ俺としても伝説の剣に触れられて満足はしたがな」

「……これが、俺の新しい刀か」

外見だけならば以前とまったく変わりない。

問題はその刀身。さて、どのような姿で生まれ変わったのか。わくわくと躍る心に急かされて、悠はゆっくりと鞘《さや》から抜き放つ。

雪のように真っ白な刀身《ソレ》が少しずつ露わになっていく。更に目を凝らせば……以前の名《な》残《ごり》であろう、星屑《ほしくず》が宿っているかのような煌《きらめ》きが特徴的だ。少しばかり、刀身が長くなっている。

だが、驚くべき要素は別にあった。これこそが生まれ変わった結城拵《こしらえ》の最大の特徴だろう。

峰からは青白い炎……いや、炎のように剣気が揺らめいている。なんともファンタジーらしさを付与されて返ってきた愛刀に、悠も思わず感嘆の声をもらした。

「すごい。これは……本当にすごいですよ徹心さん！」

「当たり前だろう？　俺はあの村正を超え、高天原《たかまがはら》の英雄専属の刀匠、國鉄徹心だぞ？」

「いや、もうすごいという言葉以外に思いつかないです。本当にありがとうございます徹心さん」

その場で振ってみる。

上段からの唐竹斬り。何の変哲もなく、悠自身もなぞるようにしか力を込めていなかった。しかし新たに生まれ変わった白星刃《せいば》は唸《うな》りを上げて大気を切り裂いた。その音はまるで、あの蒼《あお》き龍の嘶《いなな》きを思い出させるかのように……。

「……本当に、本当にこんなすごい刀を作ってくれてありがとうございます徹心さん」

「……おうともよ。気にすんな英雄。お前さんがこの国のために、全男の代表として立ってくれてんだ。その力添えになるっつーんなら、喜んでまた打ってやるよ」

「感謝します」

結城拵――改め、結城拵【龍吼《りゅうほう》】を腰に差す。

（あぁ、やっぱり。しっくりくるな……）

戻ってきた身体の一部に笑みをこぼして、不意に。

ばっと悠は玄関の方を振り向いた。

（何かが……来る！）

強大な気配の来襲に悠は納めたばかりの大刀をもう一度抜き放つ。外で待機していた愛刀も同様に、自らの半身たる双刃を抜いている。それらが意味するものはたった一つのみで、緊迫した空気が張り詰めた店内では軽いパニックが起こる。

それでも冷静を保てる者が圧倒的に多いのは、やはり結城悠という存在が大きい。もしここに悠がいなければ、我先にと逃げ出す者で店内は混乱の極みに陥っていたことだろう。鎮静効果もある自身の価値に、今ばかりは安心して、悠は扉の前に立つ。

「ちょうどいい――」

さっそく新しくなって返ってきた得物の斬れ味を試すにはいい機会だ。怖いものは何もない。鈴と一緒ならば俺はどんな相手であっても戦えるし、勝つこともできる。

扉を開け放つ。愛刀が隣に並び立った。

共に敵手を迎え撃たんと正面を見据えて――二人揃《そろ》って間の抜けた声をもらす。

どうして、と。その疑問を抱かせた張本人達は、悠達の心情など露知らず暢気《のんき》に手を振っている。神威にいるはずの新撰組が……ましてや組織を束ねなければならない立場にいた。


る者が揃《そろ》いも揃って留守にしてよいものなのか。

尽きることのない疑問と、悠はやがて自分の出した答えに納得する。

あの御剣姫守《ひと》達にこちらの常識など通用しない。それがもっともしっくりくる結論だった。

「おぉ悠！　わざわざ出迎えてくれるとはありがたい！」

「こ、虎徹さん!?　どうしてここに!?」

「いや何、別にそう深い理由はない。強いて言えば、貴公の顔を見たくなったから来たのだ！」

「そ、そんな理由で……いいんですか局長がそう何度も抜け出したりなんかして」

「気にするな！　あの一件があって以来、どういうわけか鬼達の活動が著しく減少してな。恐らくは『血を啜《すす》りし獣』が討伐されたことが大きく関わっているのだろう」

「それについては、現在調査中だ。そして、今回の事件を引き起こしたという禍鬼《まがつき》についても、な」

「ッ!?　どうだったんですか!?　あいつは……あの禍鬼《おんな》は見つかったんですか!?」

その問いに返ってきた答えは、否。首を横に振る和泉守兼定に悠は顔を俯《うつむ》かせる。

「落下現場と見られる場所をくまなく調査したのだが、奴と思わしきものは何一つ見つけることができなかった」

「そう、ですか……」

禍鬼《まがつき》は一匹いるだけでも脅威となる。

今回の相手は、封印が弱まっていたとはいえ解呪してしまえるほどの強大な力の持ち主だった。あれが死んでいないとなると、再び脅威となって立ちはだかってくることは火を見るよりも明らかだ。

傷を癒し、次なる破壊と殺戮《さつりく》を高天原《たかまがはら》にもたらそうとするために、今もどこかで身を潜めているに違いない。

「貴公の心配もわかる。生きていればまた脅威となって、きっと某《それがし》らの前に立ちはだかってくることだろう」

「ですが、安心してください悠さん！　この加州清光が悠さんに被害が及ぶ前に討ち取ってみせますから！」

「清光さん……」

「そしてそれが終わったら今度こそ二人は結ばれるんです……毎日いい子いい子って頭を優しく撫《な》でてもらって、よ、夜になったら……あ、恥ずかしがらないで悠さぶふぅっ!!」

「加州が鼻血を出した！」

「やれやれ、鼻血を出すぐらいならば妄想しなければよかろうに……」

「もうすっかり見慣れて何も思わなくなった自分が怖いよ主《あるじ》……」

「心配するな鈴。それがきっと正常な反応だと俺は思う」

ぐりぐりと鼻にちり紙が突っ込まれる様子を見守って、ふと。悠は遠くの方に視線を凝らす。ばたばたと慌ただしく走る音が聞こえてきた。しばらくして地鳴りと土煙と共に現われた音の正体に、悠はがっくりと項垂《うなだ》れる。

また場に混乱をもたらすであろう火種がやってきた。小狐丸達である。

「やれやれ、なんだか嫌な気配がするからと思って来てみたら……どうして君達がここにいるんだい？」

「まったくじゃな。ワシの僕《しもべ》に手を出すとは……よっぽど命に未練がないと見えるのぉ」

「小狐丸に……それと貴公は、実休光忠か！　貴公が桜華衆《おうかしゅう》に所属したと聞いた時は、いや驚いたが……久方振りだな」

「うむ久方振りじゃ。そしてワシの前にその屍《しかばね》を晒《さら》すがよいわっ！」

「って何刀を抜いてるんですか光忠さん！」

「えぇい離せ！　離さんか悠よ！」

「お兄様は姫のお兄様です！　誰にも渡しません！」

「吾《われ》の兄者であるぞ！」

「頼むから落ち着け！」

「……こりゃあもう男茶会どころの騒ぎじゃねぇな」

結局、一日の大半を悠は長曽祢虎徹らと小狐丸らとの相手で費やすこととなった。

どちらかに気を向ければ残された片方が嫉妬と敵意を露わにする。その均衡を保つために東へ西へ忙《せわ》しなく奔走した自分は本当によく頑張ったと言い聞かせて――現在《いま》。

「すっかり遅くなっちゃったね……」

「そうだな……」

時刻は午後十時頃。青かった空も今や満天の星が美しく輝いている。町もすっかり眠りに就いてしんと静まり返っていた。

営業している店はもうなく、それでも構わないからというかわいい愛刀の要望に従って、悠は夜道を歩いていた。

「悪いな鈴……本当なら、今日はお前と色々と見て回る予定だったんだが」

「ううん。気にしないで悠。それにボク達はもうずっと一緒なんだから、お出掛けするのもいつだってできるよ。だからボクは気にしてないから大丈夫」

「……ありがとうな鈴。そう言ってもらえると俺としても助かる」

「うん！　それに、こうして二人っきりでデートができるからいいんだ」

「デート……にしては随分と地味だけどな――っと、ここは……」

千年守鈴姫のデートに、決まった計画はない。彼女が満足するまで自分は付き合うだけであるし、何度も同じ道を通ってもそれはそれで構わない。だから夜にまた、ここに訪れたことも偶然である。

「この道がどうかしたの？」

「ん？　あぁこの道か？　この一本小路で俺は新撰組に襲われたんだよ」

「えっ!?　何それボク局長からも悠からも一度も聞いてないよ！」

「虎徹さんはあえて黙ってたんだろ。所属している組織のボスがまさか襲っていたなんて知られたら脱退されるのは明らかだしな。俺の方は、お前と再会したことに驚いてすっかり忘れていた」

「何それ……」

「まぁせっかくだからここを通りながら話してやるよ。時間はまだたくさんあることだしな」

「……もう。今日は寝かせないからね」

「それは正直にいってやめてほしいな」

こんな楽しい時間をいつまでも。とても小さくて、けれども何物にも代えられない願いを胸に、悠はすべてが始まった思い出の場所を千年守鈴姫と歩いた。

終章　予兆

快晴の空の下、ざざんと波打つ大海原をすいすいと泳いでいく遊覧船に揺られて、その少女は顔を綻《ほころ》ばせていた。

「あ～久しぶりに楽しい休暇でしたねぇ！　たまにはこうでもしないと息が詰まっちゃうといいますかぁ！」

かつて永久銀零領域《えいきゅうぎんれいりょういき》と呪われた地も、あるべき姿を取り戻した。それだけでなく温泉が豊富ということも加わって、今や観光地として来訪者を温かく出迎えている。この船はちょうど、本土へと帰る便。海風に当たる少女もまた温泉を堪能した観光客の一人なのだ。

「それにしても、やっぱり悠さんはいませんでしたねぇ。せっかく色々とお話のネタにできると思ったんですが……いやはや、残念無念ですぅ」

そう言った彼女は懐から筆と本を取り出して、さらさらと書をしたためていく。真っ白だった頁《ページ》が細かな文字で埋め尽くされた時。小さな溜息と共にぱたりと閉じられる。納得できない、と。まるでそう言いたげな顔だった少女に声を掛ける者が現われる。

「おいそこの翼を生やした御剣姫守《みつるぎのかみ》、船首に座るのはやめな！」

「おっとっと！　これは失礼しました船長ぉ。こうやった方が何かいいネタが出てくるかと思いましてですねぇ」

「この船の船長は私だよ。乗客だったら乗客らしく、船長の言うことには従いなっ！」

「いやはや申し訳ない……おやぁ？」

船首から甲板へ、軽やかな着地をしてみせた少女の顔はすぐに好奇心で染め上げられる。彼女の視線の先には、小さな子供がいた。ボロボロの外套《がいとう》で頭をすっぽりと覆い隠している彼女は船長の足にしがみついて離れようとしない。その様子から両者が親子であることが窺《うかが》えるし、少女もまたそのように捉えていた。

「もしかしてお子さんですかぁ？　いやかわいらしいですねぇ！　お譲ちゃんお名前はぁ？」

「あ～違う違う！　このガキは私のガキじゃないよ」

「えぇっ？　親子じゃないってことは……もしかして、誘拐ですかぁ!?」

「んなわけあるかい!!　このガキは親を探しにいくって言うから本土まで乗せてやってくれって頼まれたんだよ！　ったく……私だってさっさと結婚したいってんだ」

「おやや。そうですかぁ――はじめましてお譲ちゃん。お名前はぁ？」

「あ～このガキは記憶喪失ってやつで自分の名前も何一つ覚えちゃいないのさ。なんでも、崖の下で倒れていたのを偶然発見したらしい。血塗《ちまみ》れで死んでるんじゃないかって大騒ぎになったそうだが、怪我《けが》ひとつなかったってさ」

「……あさん」

「ん？」

「……そう、お母さんに。まだ小さいのに偉いですねぇ」

「お母さんに…会いにいくの」

「船長、ちょっと来てください！」

「おう！　そんじゃいくよガキ。ったく、なんで私がガキのお守りなんかしなきゃ……」

ぶつぶつと愚痴をこぼしながらも、満更ではない様子で去っていく船長。彼女の後ろ姿もそこそこに見送って、一人残された少女の視線は子供のみに留められている。

「これは……なんだか面白いネタになりそうな予感ですねぇ。前回大好評だった【桜華刀《おうかとう》恋記《れんき》】の続刊も好評間違いなしになりますよきっとぉ！」

ウキウキとした様子で少女は本に筆を走らせていく。やがてその頁《ページ》だけに留まらずすべてが文字で埋め尽くされた時――到着を告げる船員の声に彼女はぱっと顔を上げた。

進路先にて陸が遊覧船を出迎える。どうやら到着したらしい。空白のなくなった本を折り畳み、少女は港への到着を静かに待った。


〈『少女は鞘《やいば》に納まらない 2』完〉

ヒーロー文庫

少女《やいば》は鞘《さや》に納《おさ》まらない 2

龍威《たつおどし》ユウ

2020年1月10日 第1刷発行

発行者 前田起也

発行所 株式会社 主婦の友インフォス
〒101-0052 東京都千代田区神田小川町3-3
電話／03-6273-7850（編集）

発売元 株式会社 主婦の友社
〒112-8675 東京都文京区関口1-44-10
電話／03-5280-7551（販売）

印刷所 大日本印刷株式会社

ISBN 978-4-07-441313-3